JAK
N

SUPERESTRELLA del FÚTBOL

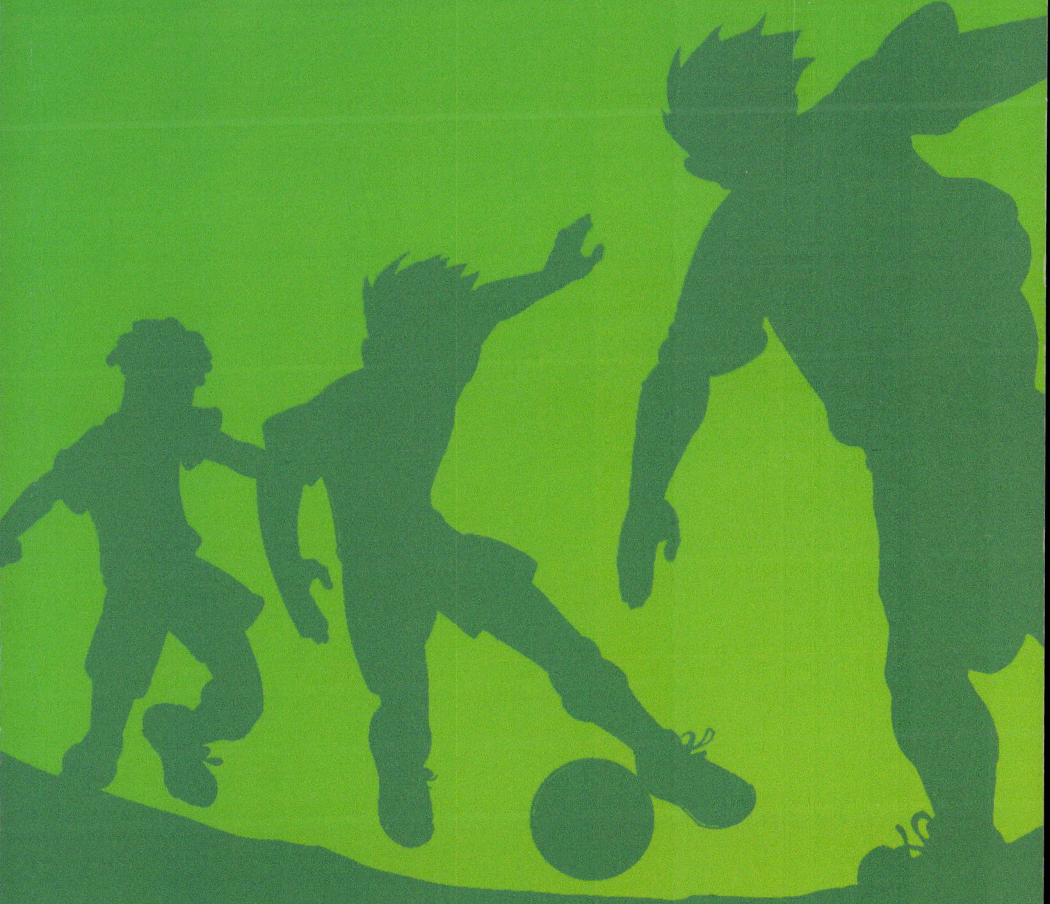

STONE ARCH BOOKS
a capstone imprint

JAKE MADDOX
NOVELAS GRÁFICAS

Publicado por Stone Arch Books,
una marca de Capstone.
1710 Roe Crest Drive
North Mankato, Minnesota 56003
capstonepub.com

Derechos de autor © 2024 de Capstone. Todos los derechos reservados. Ninguna parte de esta publicación puede ser reproducida ni total ni parcialmente, ni almacenada en un sistema de recuperación, ni transmitida de ninguna forma o por ningún medio, ya sea electrónico, mecánico, fotocopia, grabación o de otro tipo, sin la autorización escrita de la casa editorial.

Los datos de catalogación previos a la publicación de la Biblioteca del Congreso se encuentran disponibles en el sitio web de la Biblioteca del Congreso.

ISBN: 9781669055846 (tapa dura)
ISBN: 9781669055853 (tapa blanda)
ISBN: 9781669055860 (libro electrónico PDF)

Resumen: El chico nuevo, Javier Moreno, causa sensación en la cancha de fútbol cuando el video de su golazo se hace viral. Pero la fama se le está subiendo a la cabeza; acapara el balón y se pavonea mucho. ¿Será que su forma solitaria de jugar arruinará la posibilidad de que su equipo participe en el campeonato estatal?

Diseñado por Brann Garvey

Traducción al español por: PA Bilingual Communication Services

SUPERESTRELLA del FÚTBOL

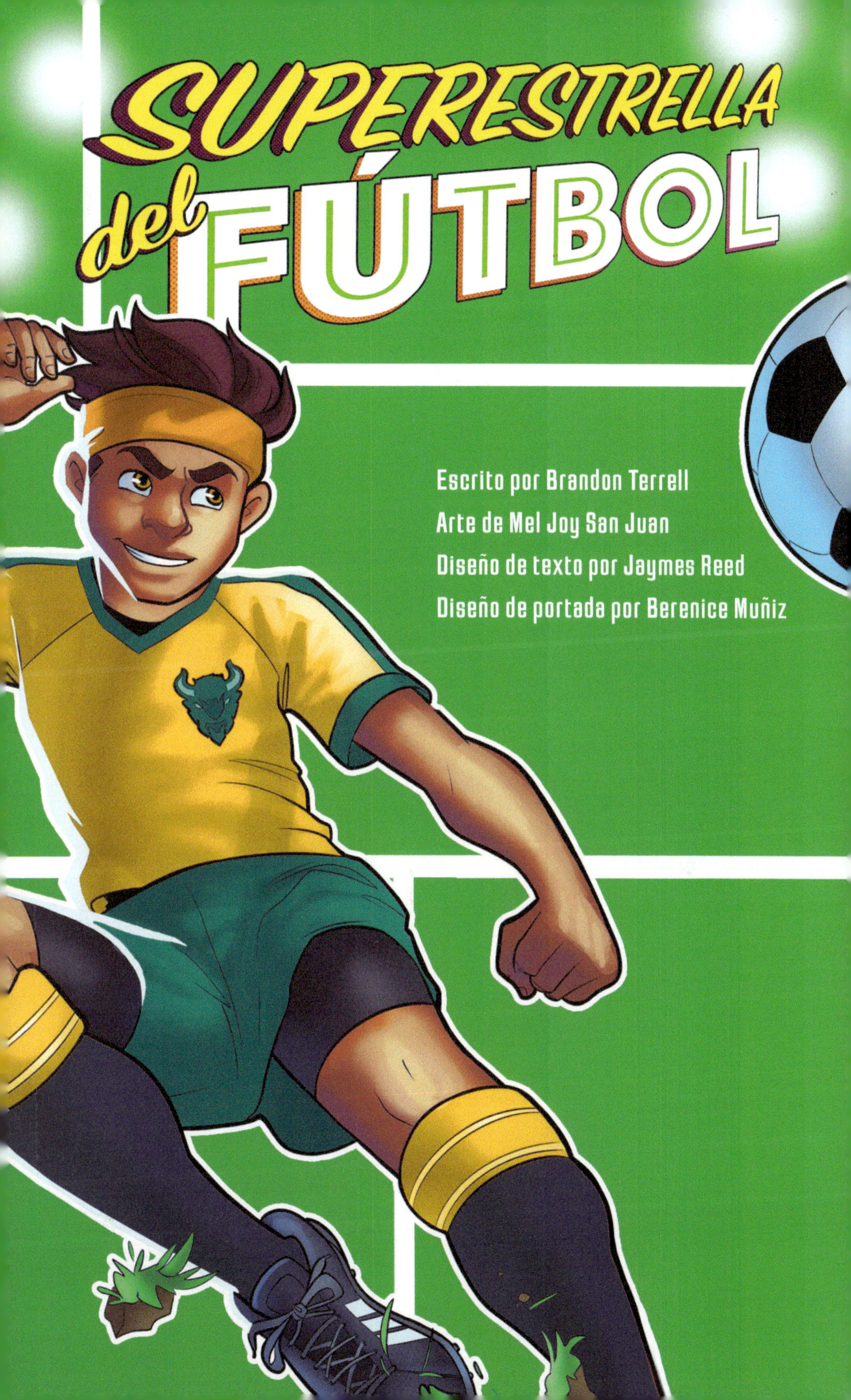

Escrito por Brandon Terrell

Arte de Mel Joy San Juan

Diseño de texto por Jaymes Reed

Diseño de portada por Berenice Muñiz

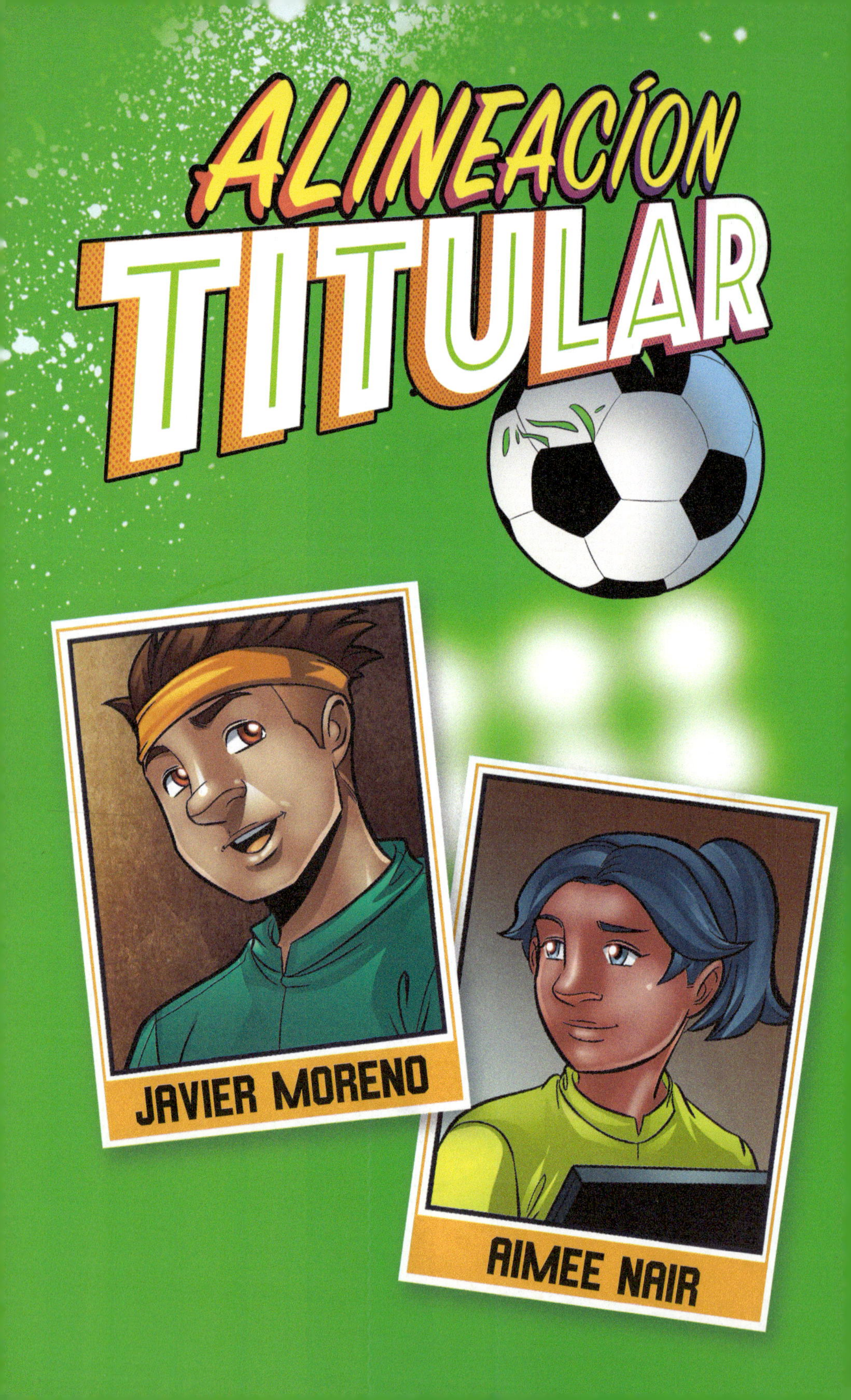
ALINEACÍON
TITULAR
JAVIER MORENO
AIMEE NAIR

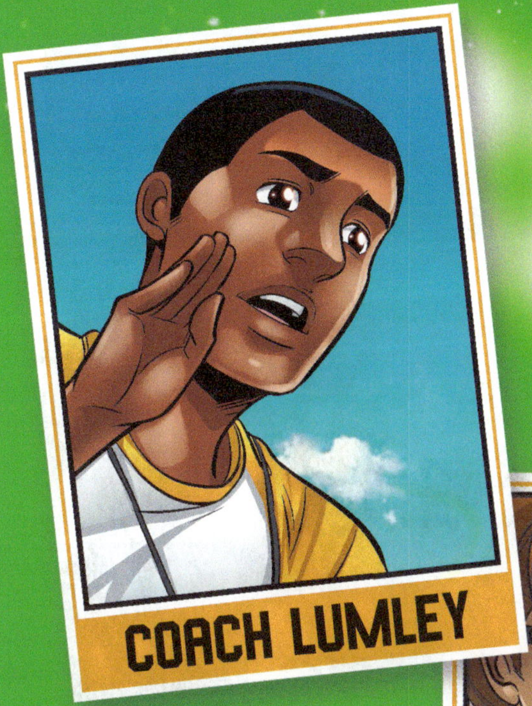
COACH LUMLEY

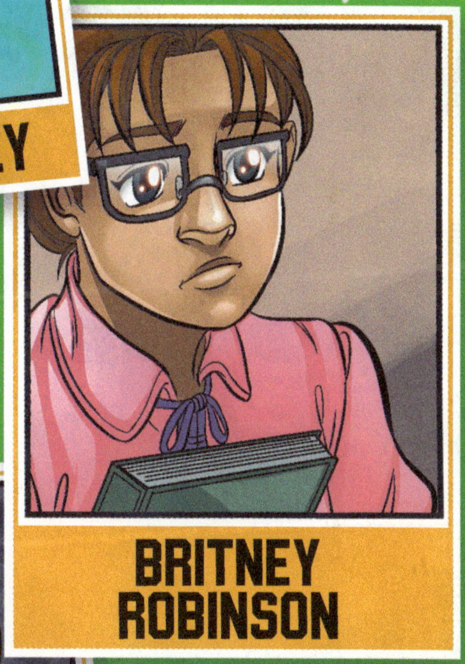
BRITNEY
ROBINSON

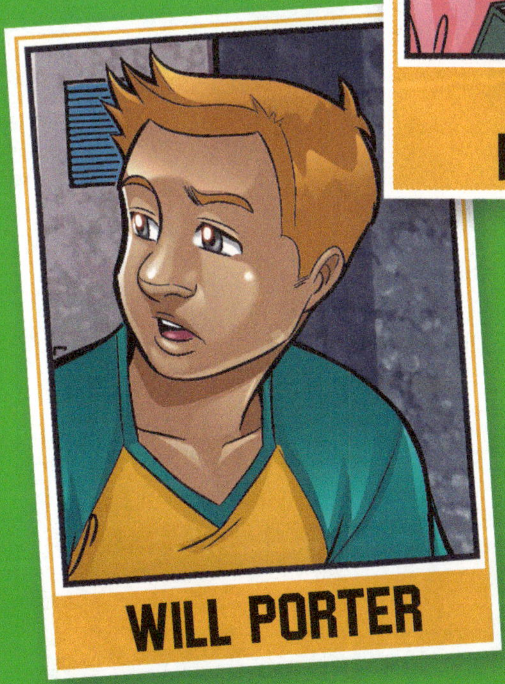
WILL PORTER

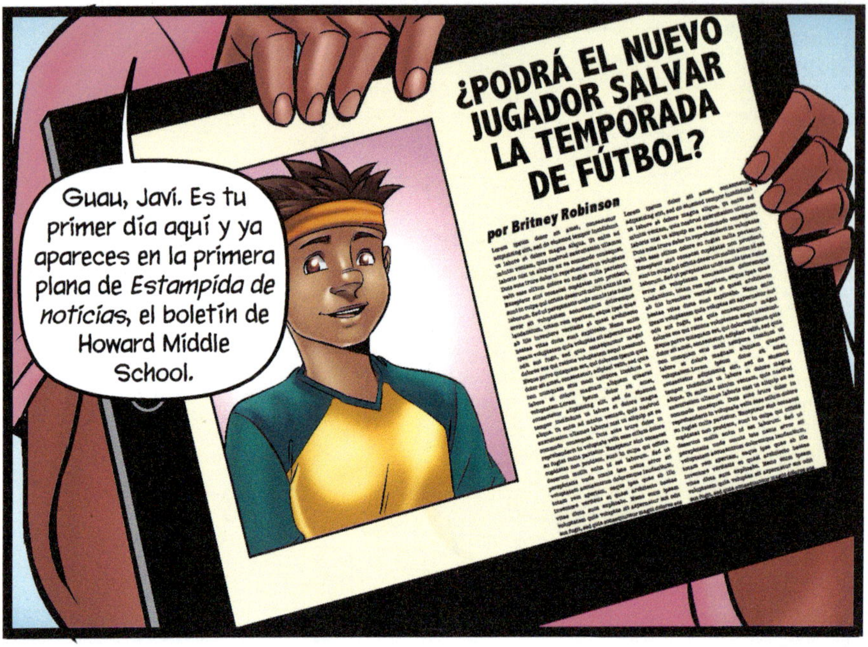
¿PODRÁ EL NUEVO JUGADOR SALVAR LA TEMPORADA DE FÚTBOL?
por Britney Robinson
Guau, Javi. Es tu primer día aquí y ya apareces en la primera plana de *Estampida de noticias*, el boletín de Howard Middle School.

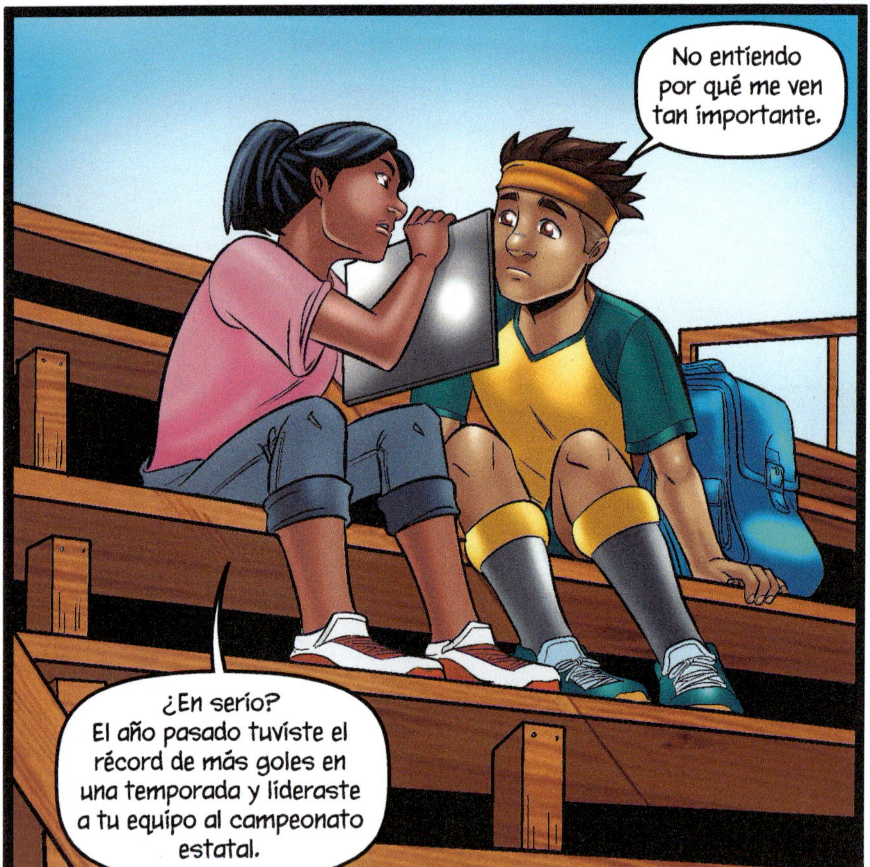
No entiendo por qué me ven tan importante.
¿En serio? El año pasado tuviste el récord de más goles en una temporada y lideraste a tu equipo al campeonato estatal.

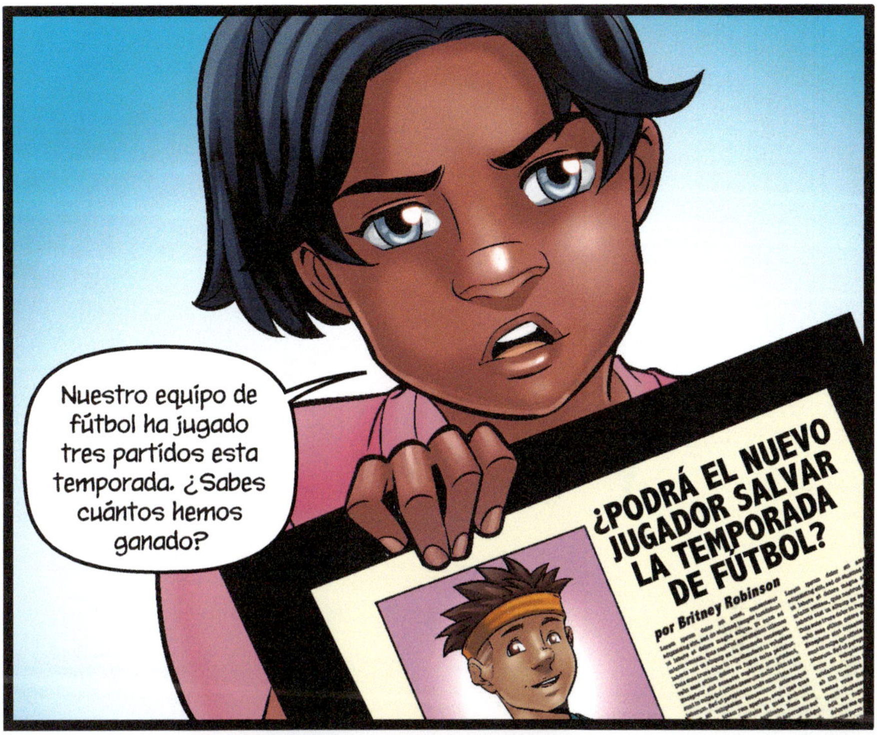
Nuestro equipo de fútbol ha jugado tres partidos esta temporada. ¿Sabes cuántos hemos ganado?
¿PODRÁ EL NUEVO JUGADOR SALVAR LA TEMPORADA DE FÚTBOL?
por Britney Robinson

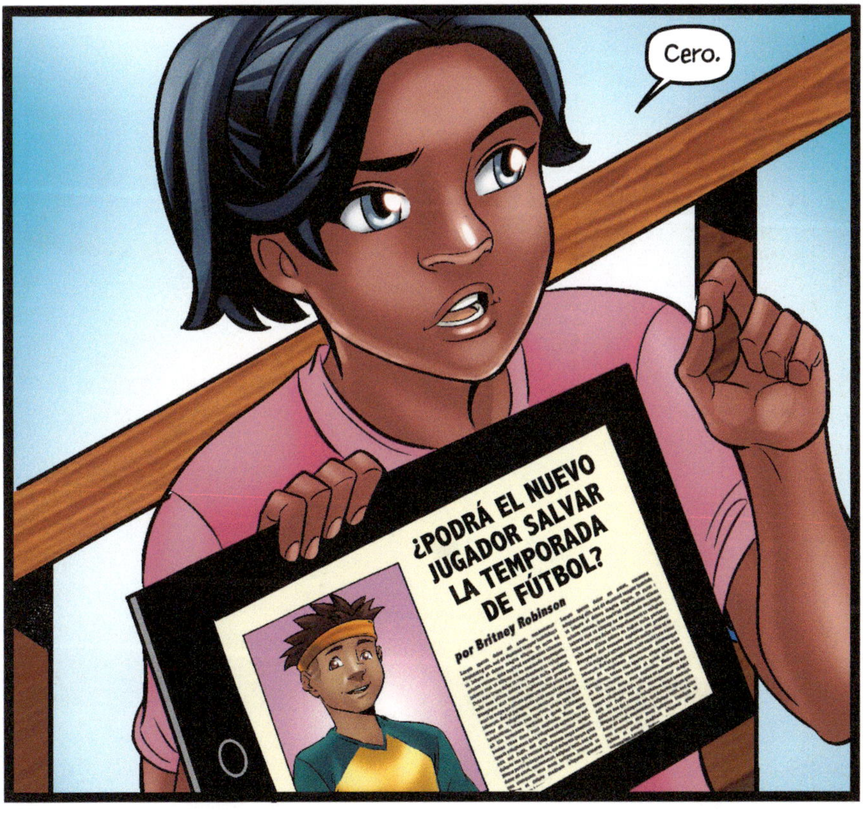
Cero.
¿PODRÁ EL NUEVO JUGADOR SALVAR LA TEMPORADA DE FÚTBOL?
por Britney Robinson

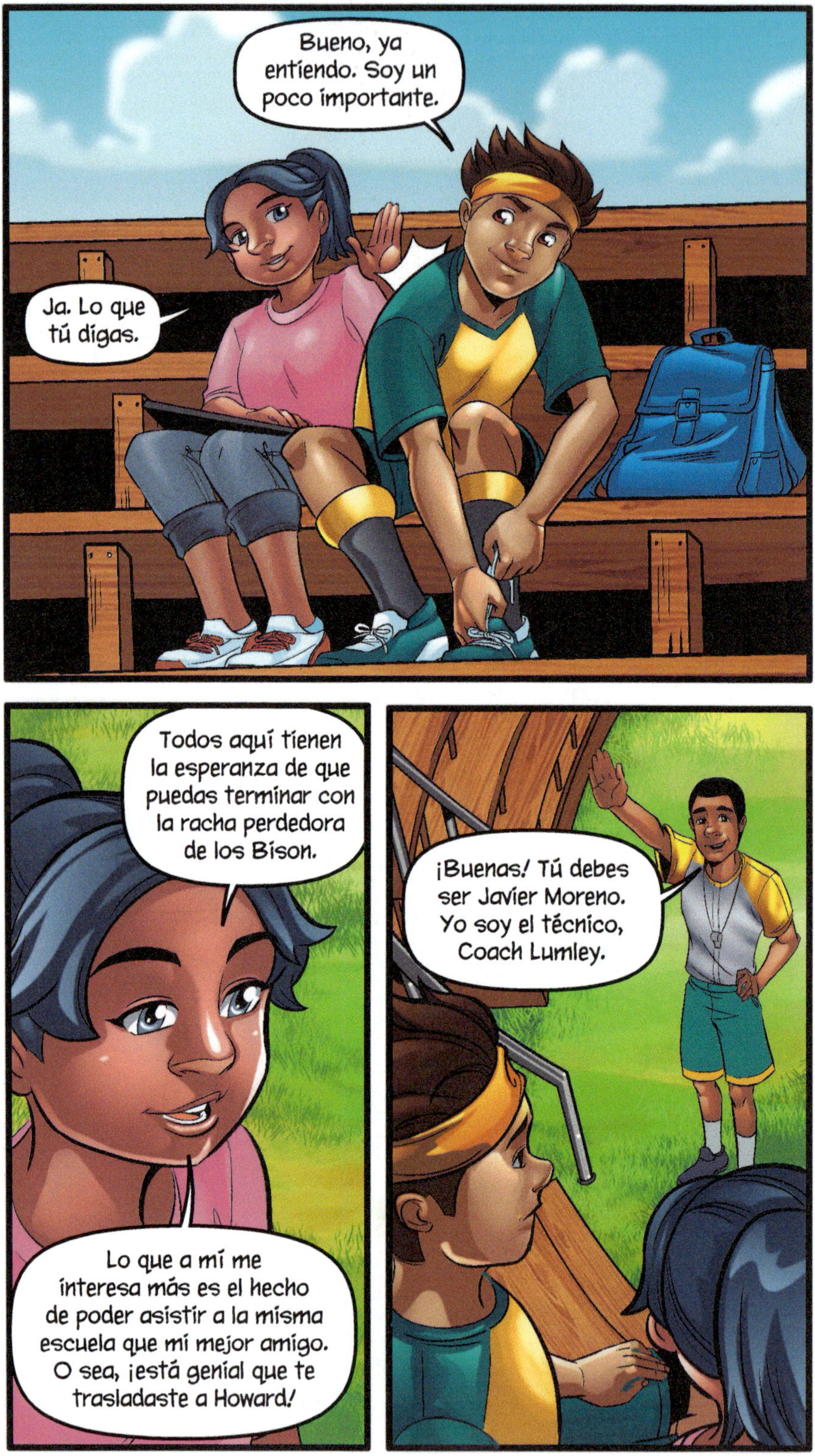
Bueno, ya entiendo. Soy un poco importante.
Ja. Lo que tú digas.
Todos aquí tienen la esperanza de que puedas terminar con la racha perdedora de los Bison.
Lo que a mí me interesa más es el hecho de poder asistir a la misma escuela que mi mejor amigo. O sea, ¡está genial que te trasladaste a Howard!
¡Buenas! Tú debes ser Javier Moreno. Yo soy el técnico, Coach Lumley.

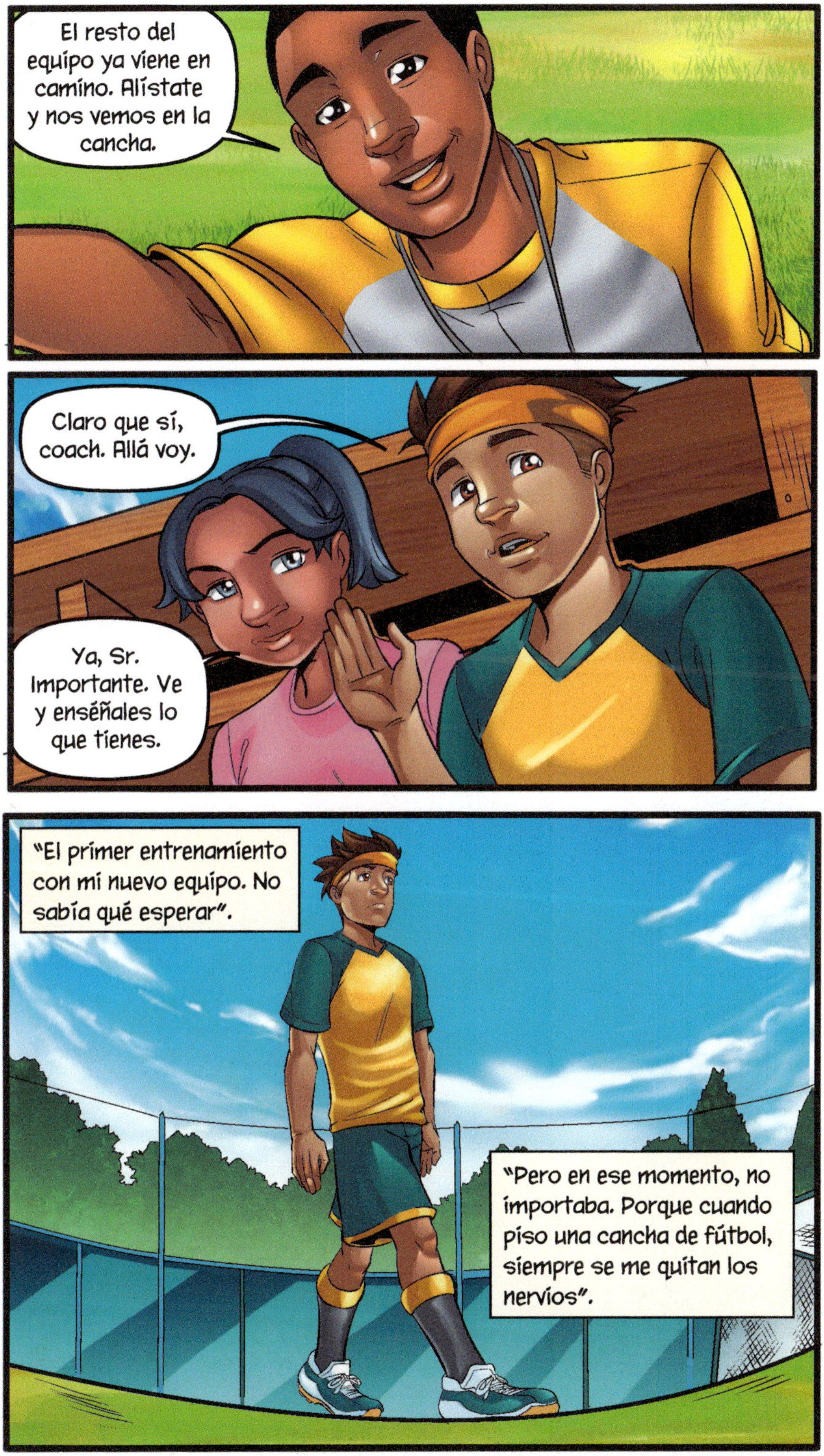
El resto del equipo ya viene en camino. Alístate y nos vemos en la cancha.
Claro que sí, coach. Allá voy.
Ya, Sr. Importante. Ve y enséñales lo que tienes.
"El primer entrenamiento con mi nuevo equipo. No sabía qué esperar".
"Pero en ese momento, no importaba. Porque cuando piso una cancha de fútbol, siempre se me quitan los nervios".

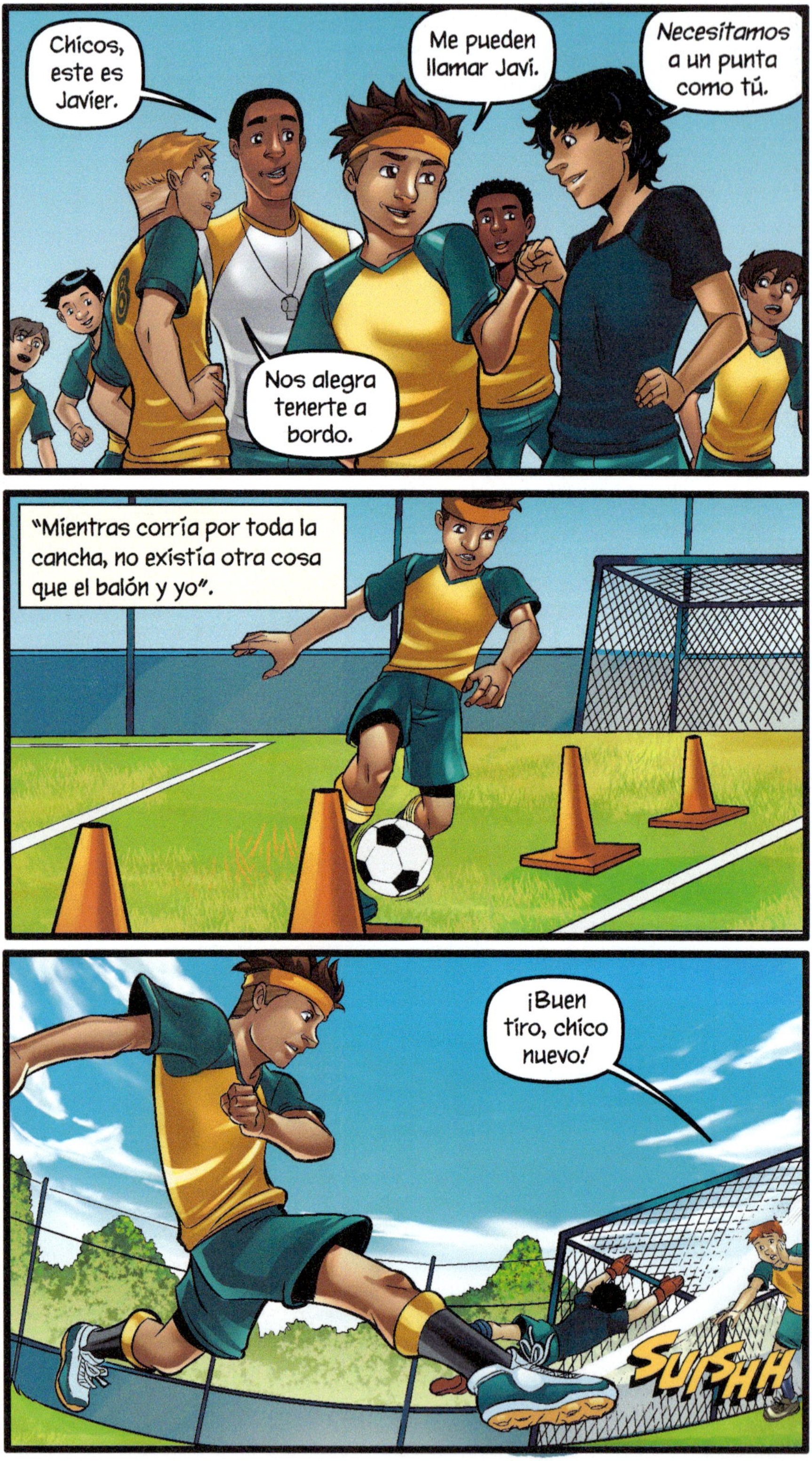
Chicos, este es Javier.
Me pueden llamar Javi.
Necesitamos a un punta como tú.
Nos alegra tenerte a bordo.
"Mientras corría por toda la cancha, no existía otra cosa que el balón y yo".
¡Buen tiro, chico nuevo!
SUISHH

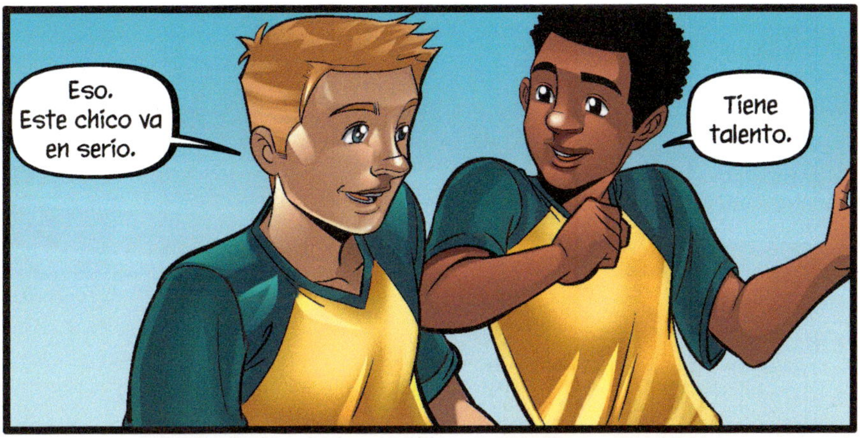
Eso.
Este chico va
en serio.
Tiene
talento.

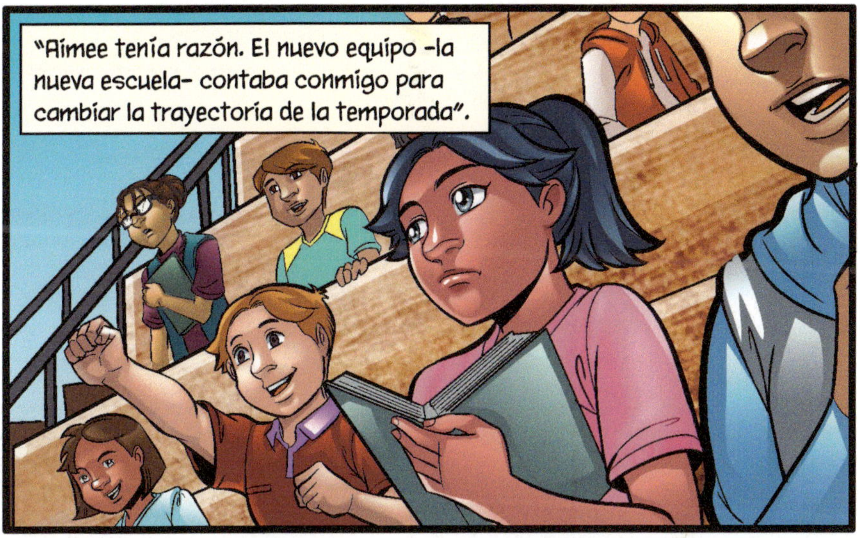
"Aimee tenía razón. El nuevo equipo -la
nueva escuela- contaba conmigo para
cambiar la trayectoria de la temporada".

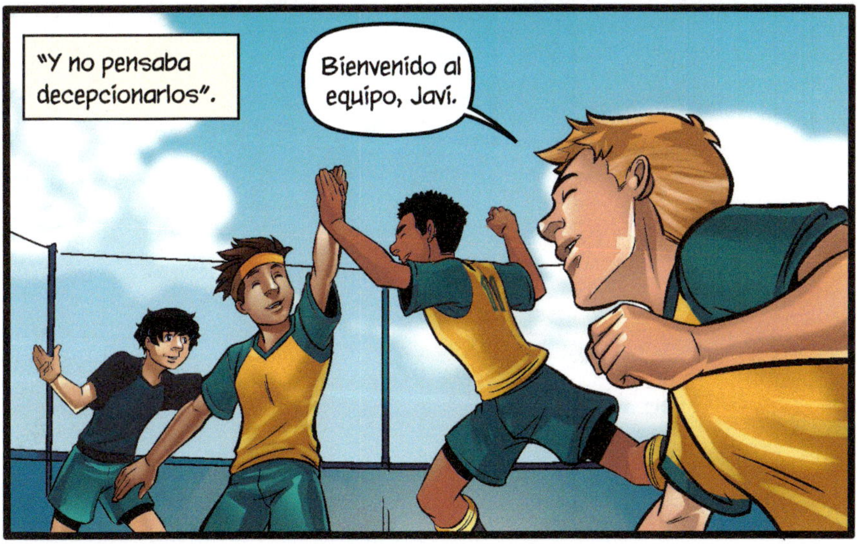
"Y no pensaba
decepcionarlos".
Bienvenido al
equipo, Javi.

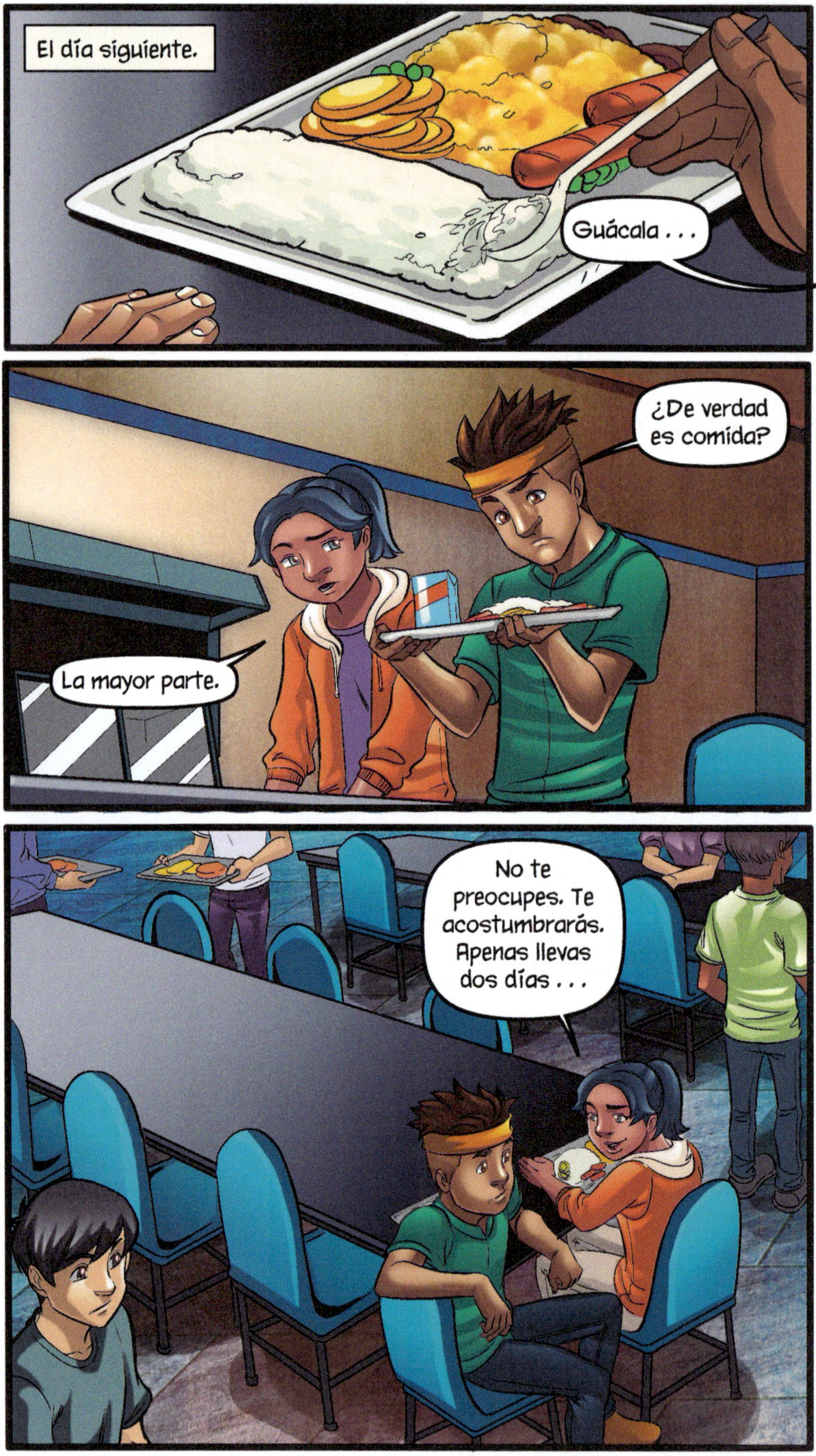
El día siguiente.
Guácala . . .
¿De verdad es comida?
La mayor parte.
No te preocupes. Te acostumbrarás. Apenas llevas dos días . . .

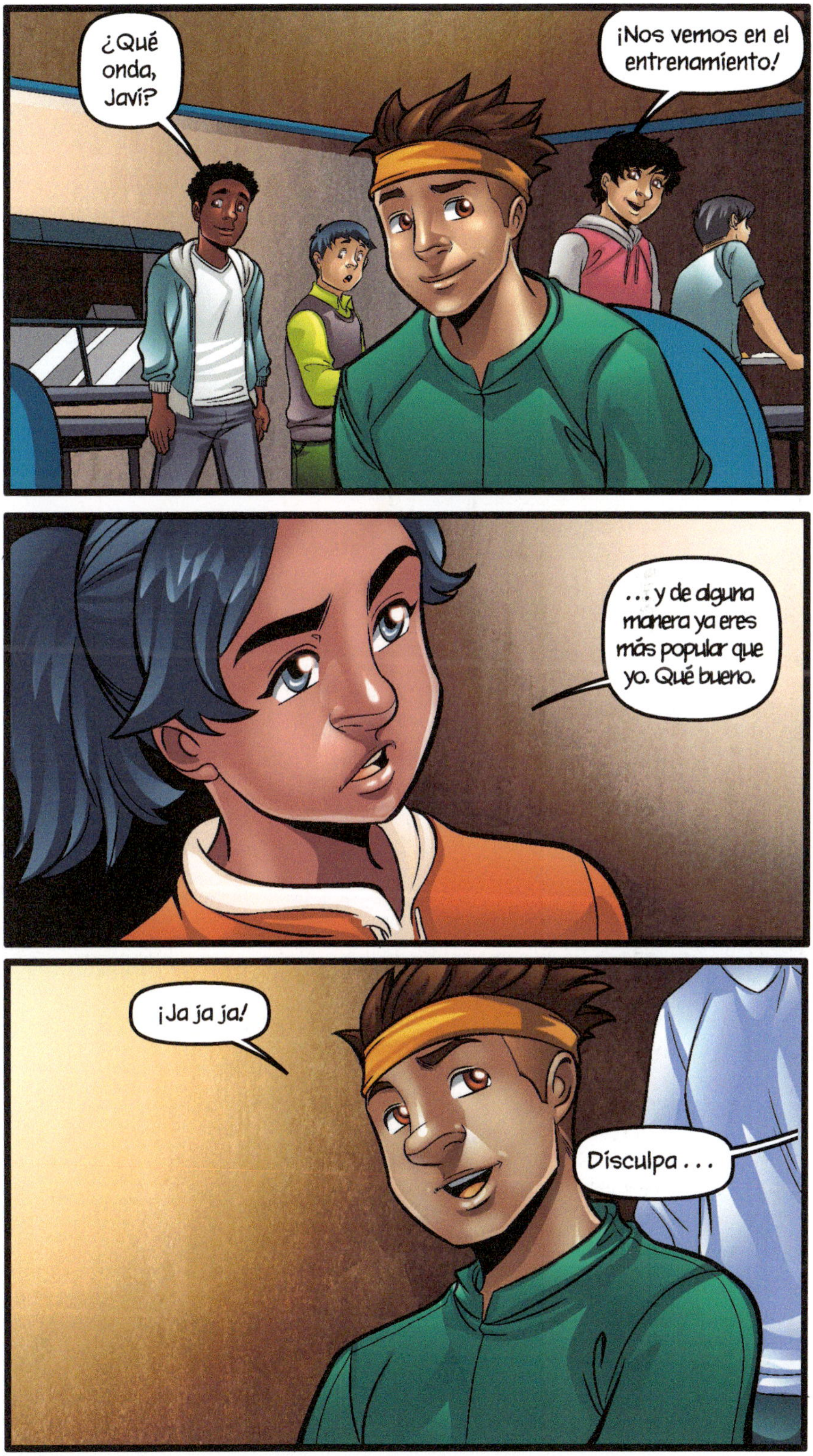
¿Qué onda, Javi?
¡Nos vemos en el entrenamiento!
. . . y de alguna manera ya eres más popular que yo. Qué bueno.
¡Ja ja ja!
Disculpa . . .

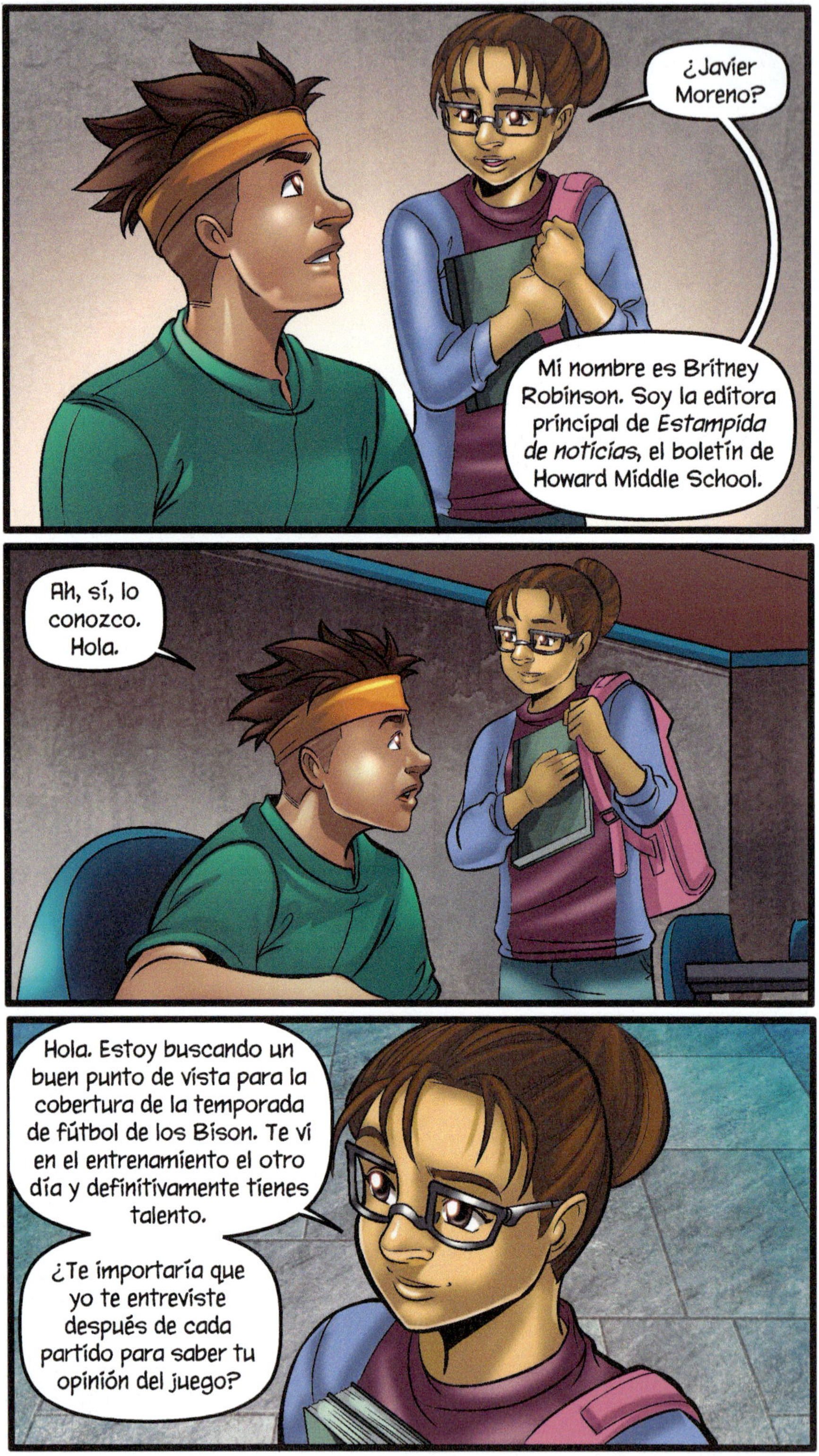
¿Javier Moreno?
Mi nombre es Britney Robinson. Soy la editora principal de *Estampida de noticias*, el boletín de Howard Middle School.
Ah, sí, lo conozco. Hola.
Hola. Estoy buscando un buen punto de vista para la cobertura de la temporada de fútbol de los Bison. Te vi en el entrenamiento el otro día y definitivamente tienes talento.
¿Te importaría que yo te entreviste después de cada partido para saber tu opinión del juego?

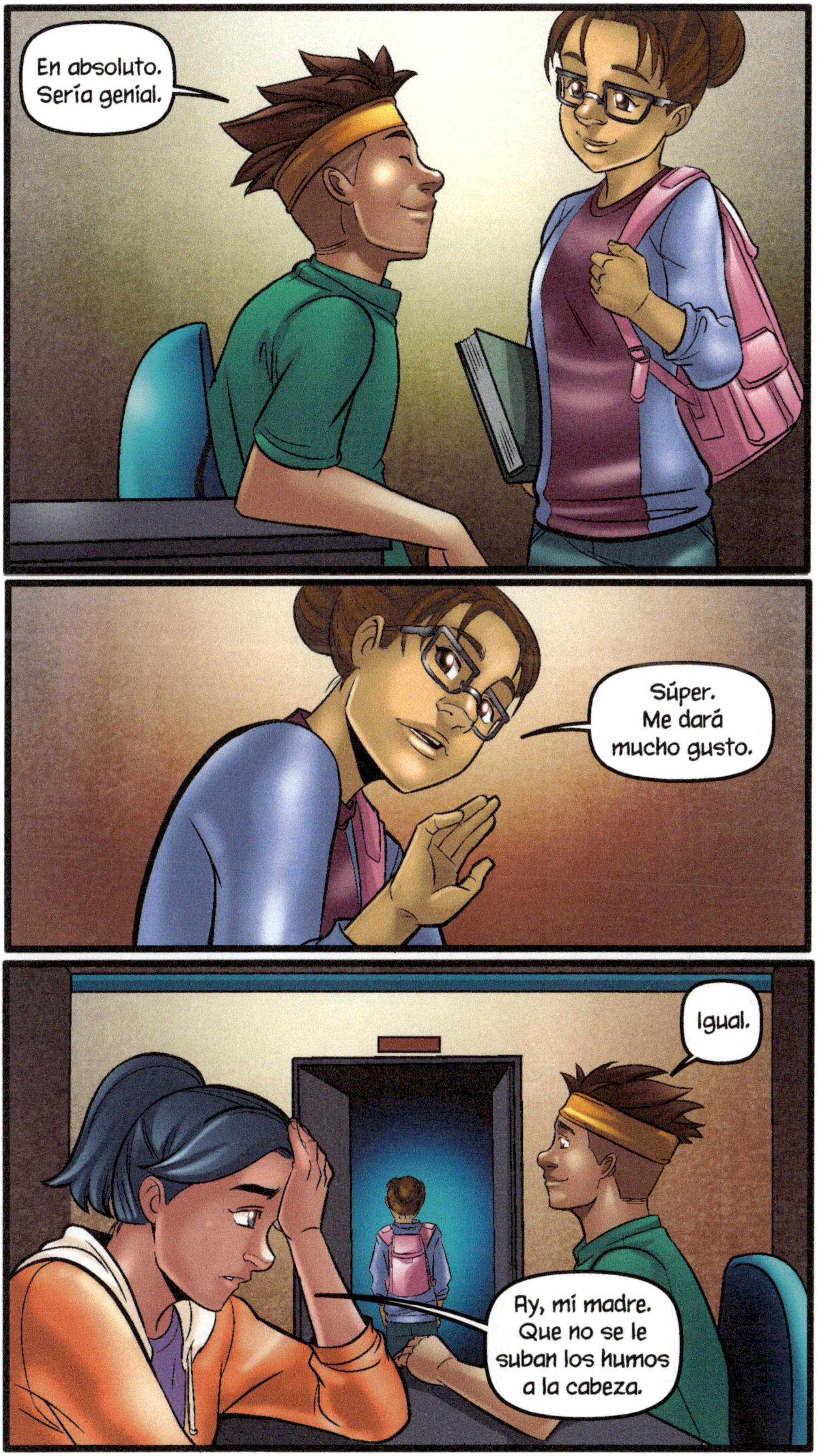
En absoluto. Sería genial.
Súper. Me dará mucho gusto.
Igual.
Ay, mi madre. Que no se le suban los humos a la cabeza.

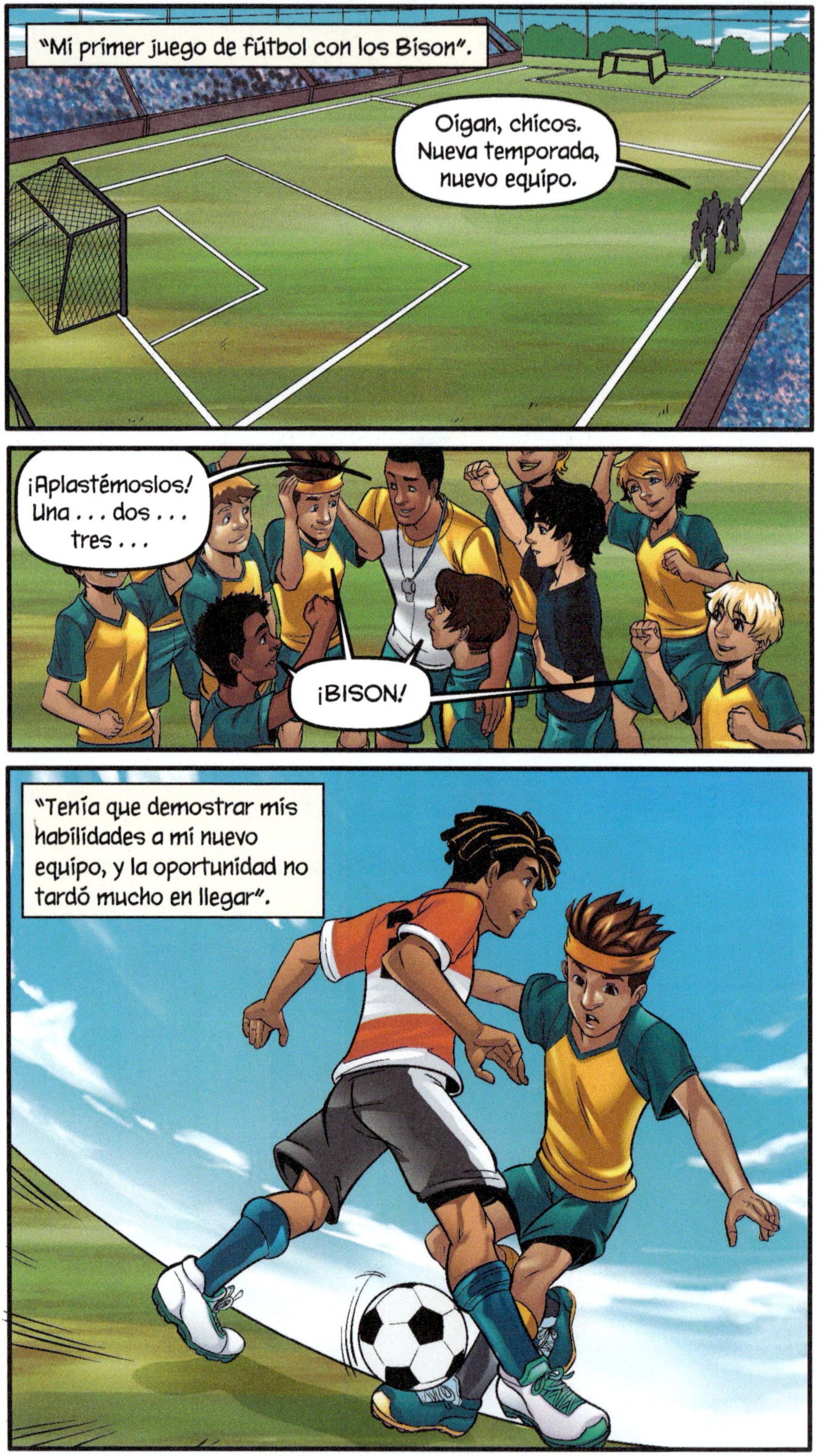
"Mi primer juego de fútbol con los Bison".
Oigan, chicos. Nueva temporada, nuevo equipo.
¡Aplastémoslos! Una . . . dos . . . tres . . .
¡BISON!
"Tenía que demostrar mis habilidades a mi nuevo equipo, y la oportunidad no tardó mucho en llegar".

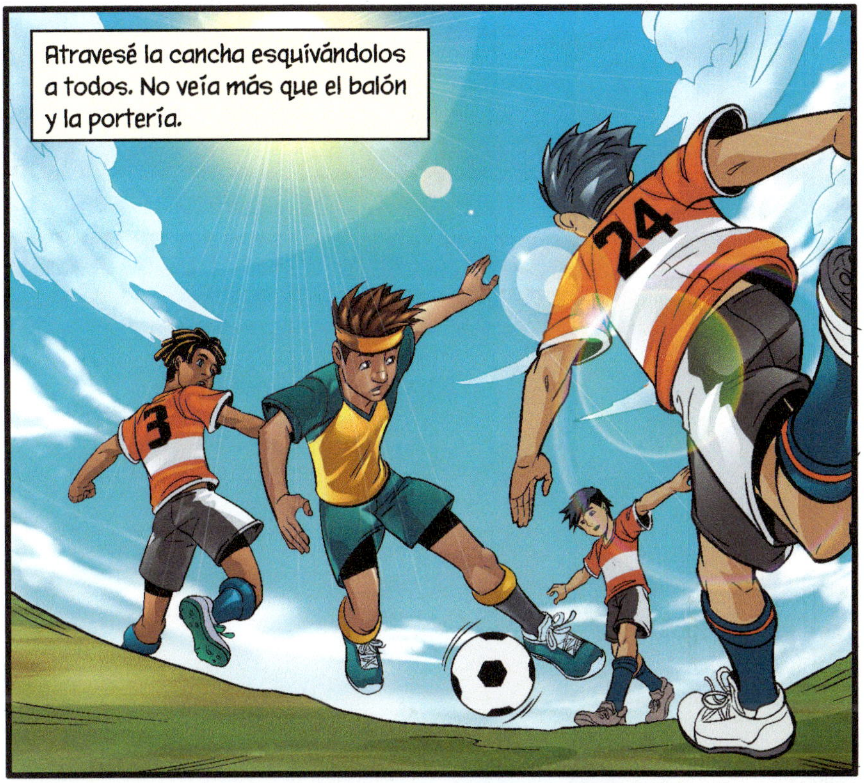
Atravesé la cancha esquivándolos a todos. No veía más que el balón y la portería.
3
24

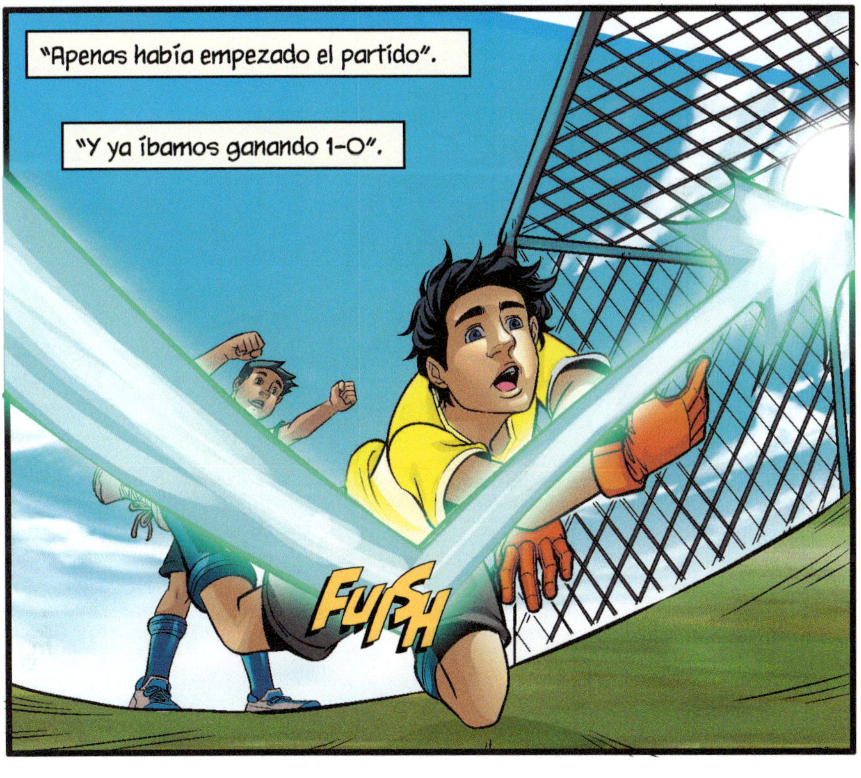
"Apenas había empezado el partido".
"Y ya íbamos ganando 1-0".
FUSH

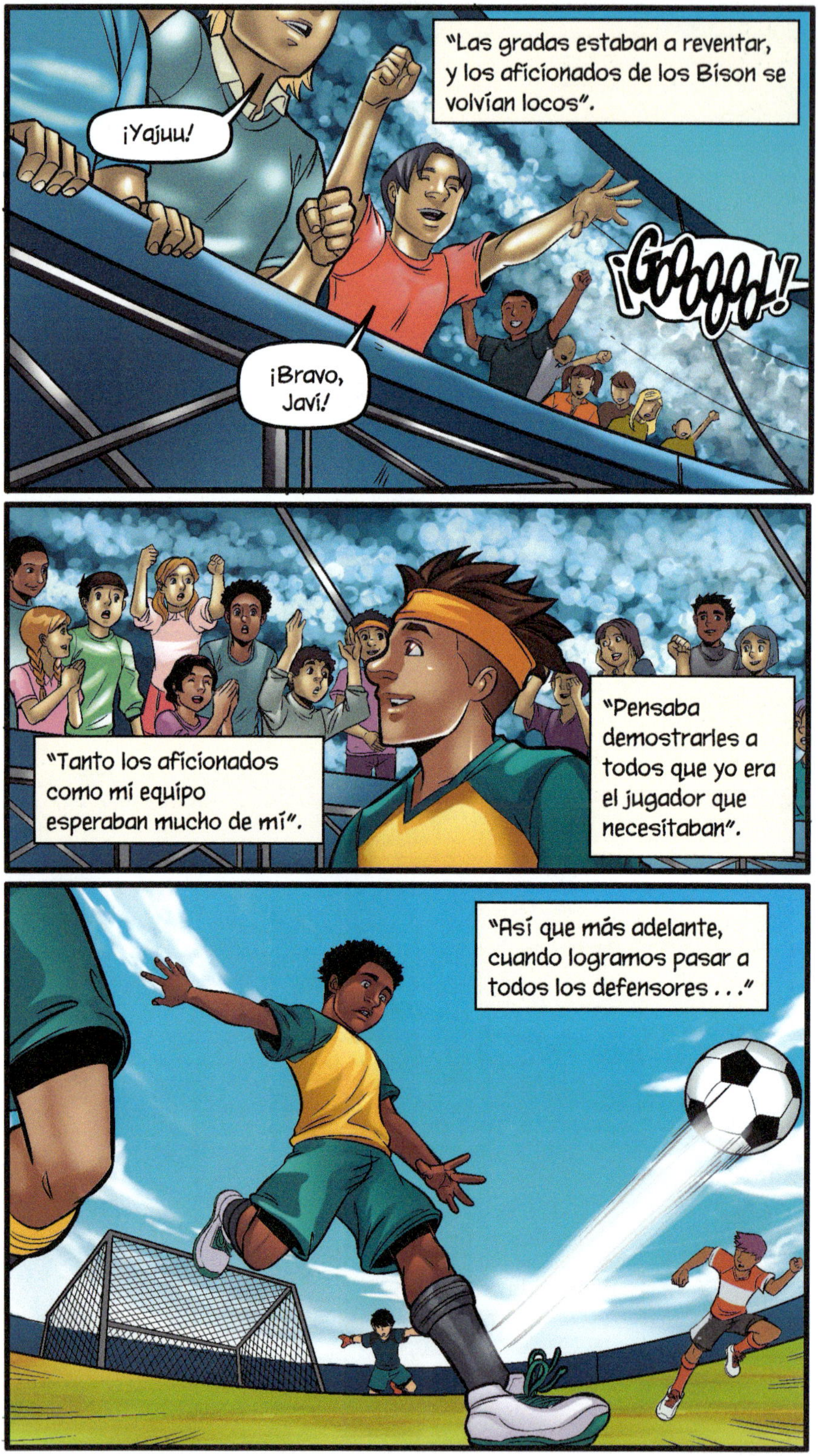
"Las gradas estaban a reventar, y los aficionados de los Bison se volvían locos".
¡Yajuu!
¡Bravo, Javi!
¡Goooool!
"Tanto los aficionados como mi equipo esperaban mucho de mí".
"Pensaba demostrarles a todos que yo era el jugador que necesitaban".
"Así que más adelante, cuando logramos pasar a todos los defensores . . ."

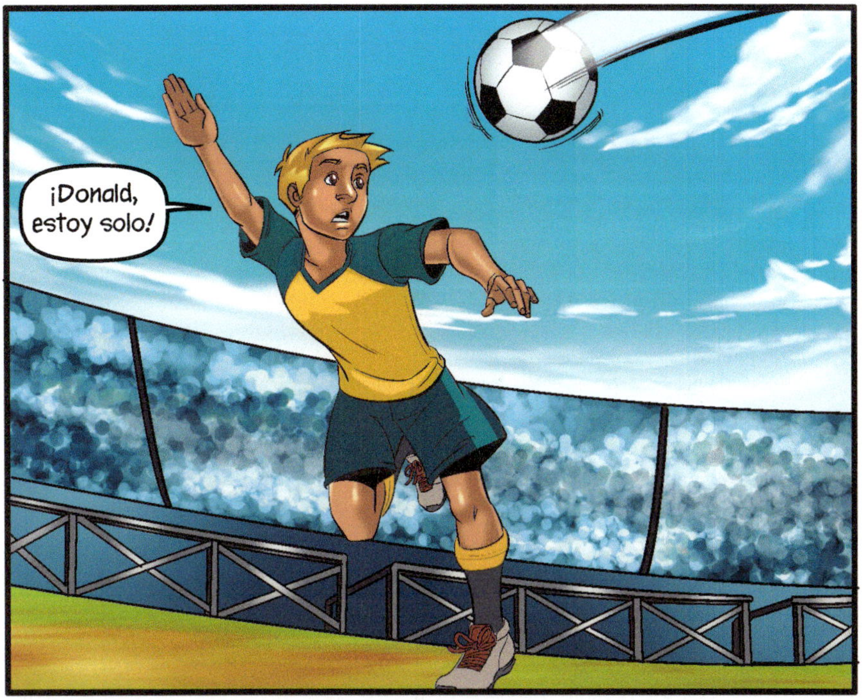
¡Donald, estoy solo!

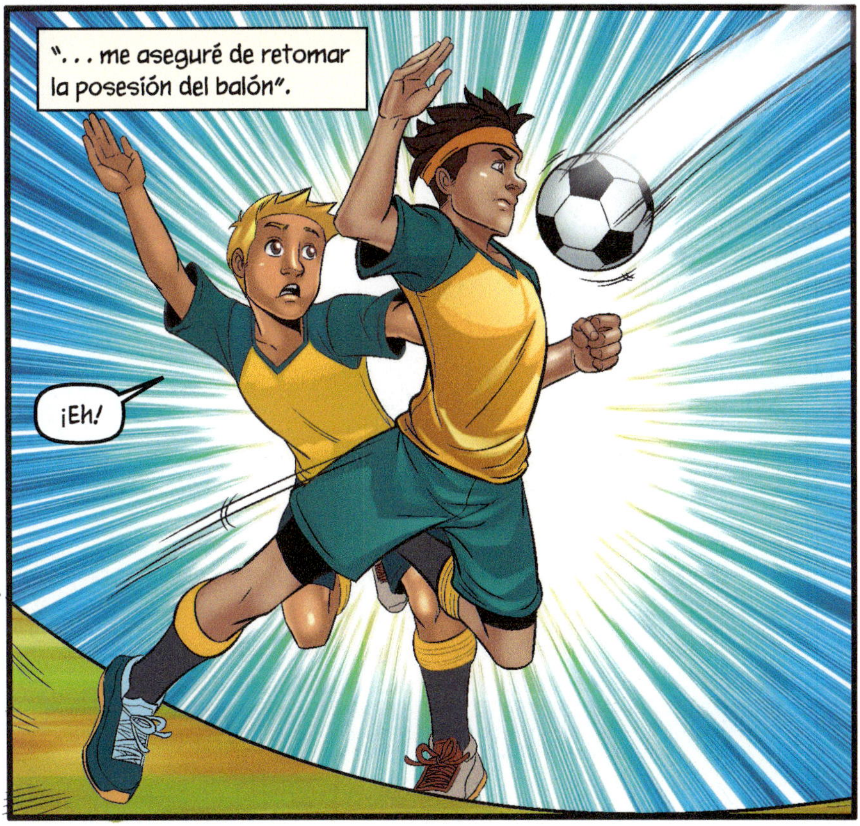
". . . me aseguré de retomar la posesión del balón".
¡Eh!

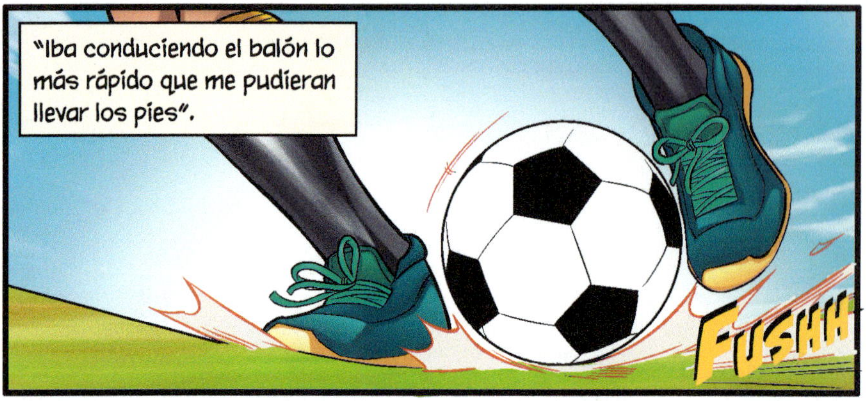
"Iba conduciendo el balón lo más rápido que me pudieran llevar los pies".
FUSHH

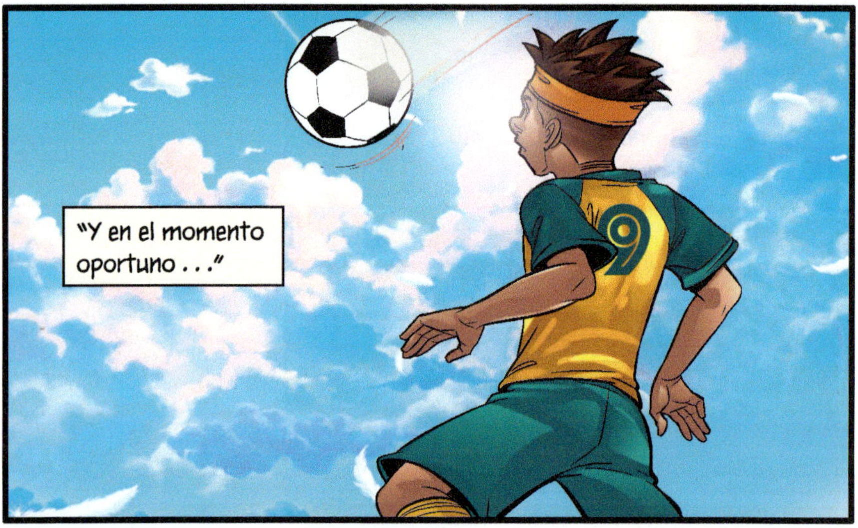
"Y en el momento oportuno . . ."

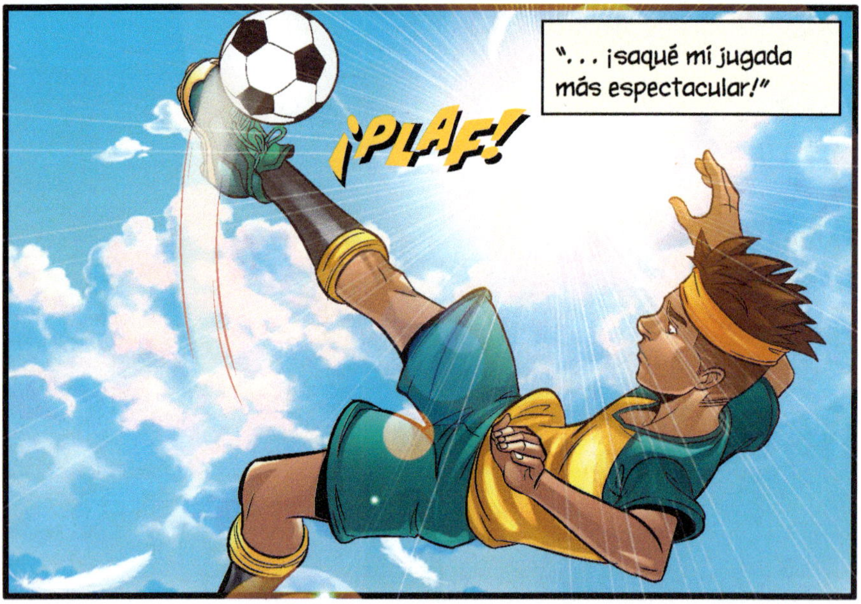
". . . ¡saqué mi jugada más espectacular!"
¡PLAF!

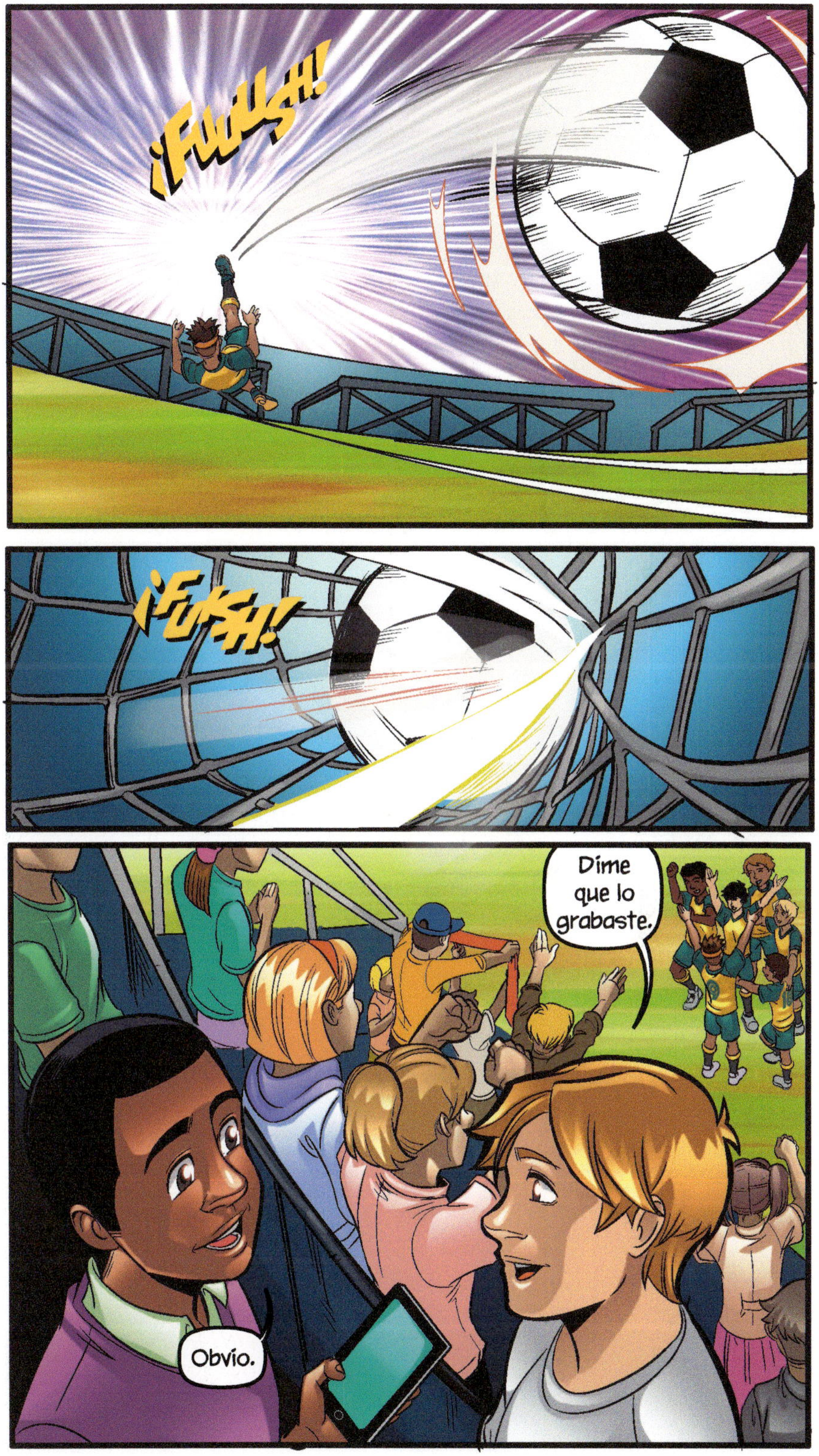
¡FUUUSH!
¡FUSH!
Dime que lo grabaste.
Obvio.

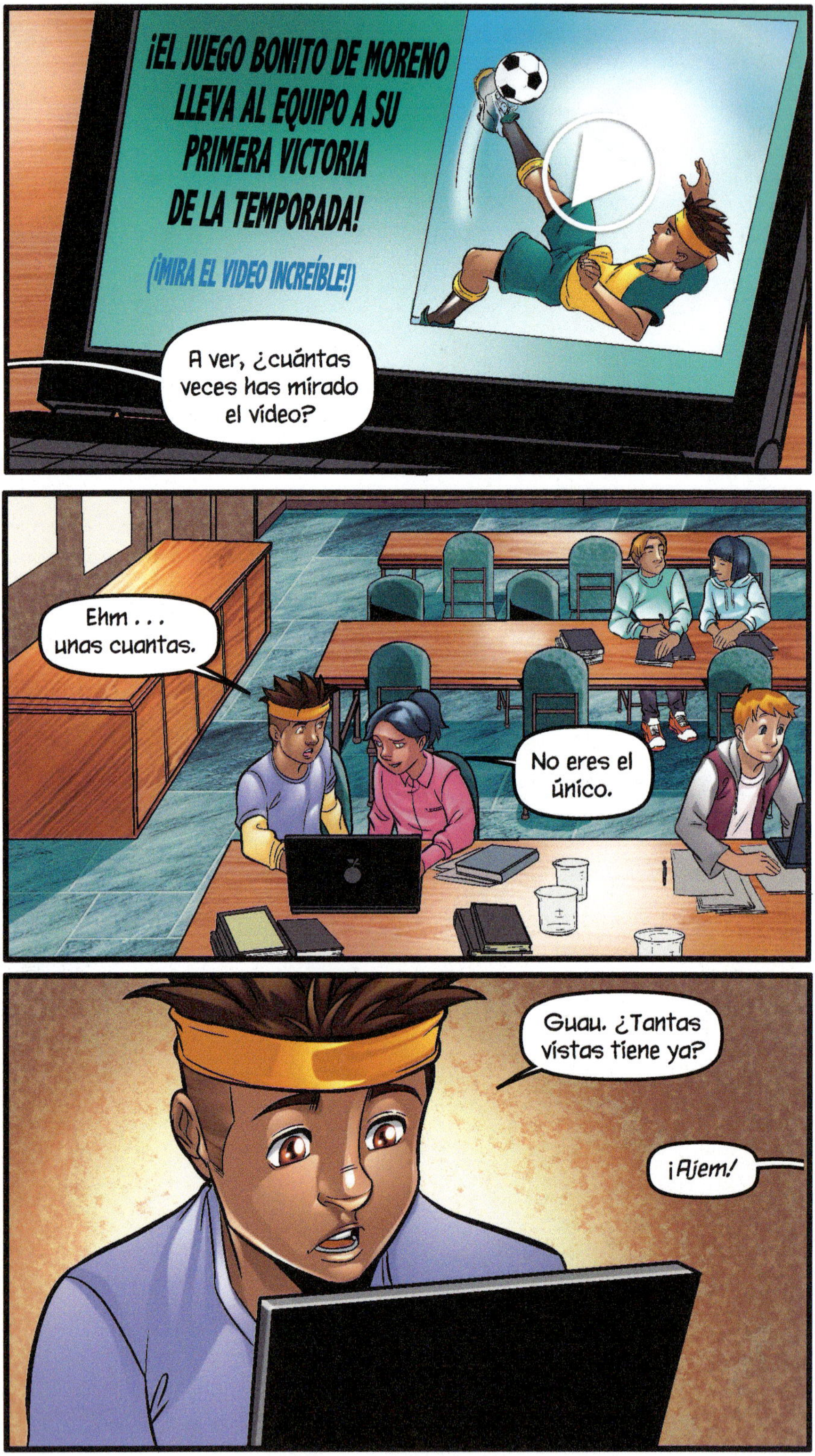
¡EL JUEGO BONITO DE MORENO LLEVA AL EQUIPO A SU PRIMERA VICTORIA DE LA TEMPORADA!
(¡MIRA EL VIDEO INCREÍBLE!)
A ver, ¿cuántas veces has mirado el video?
Ehm . . . unas cuantas.
No eres el único.
Guau. ¿Tantas vistas tiene ya?
¡Ajem!

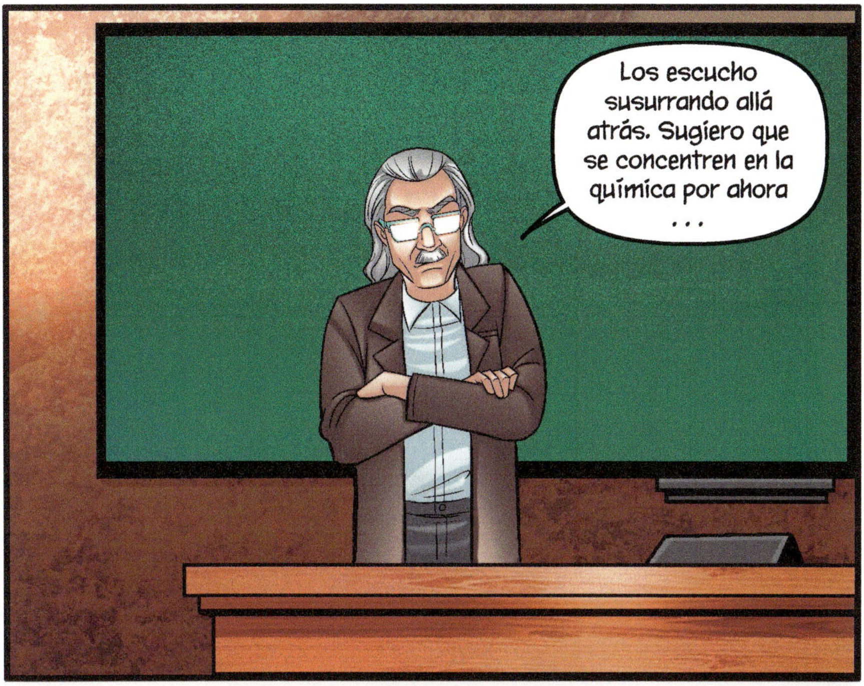
Los escucho susurrando allá atrás. Sugiero que se concentren en la química por ahora . . .

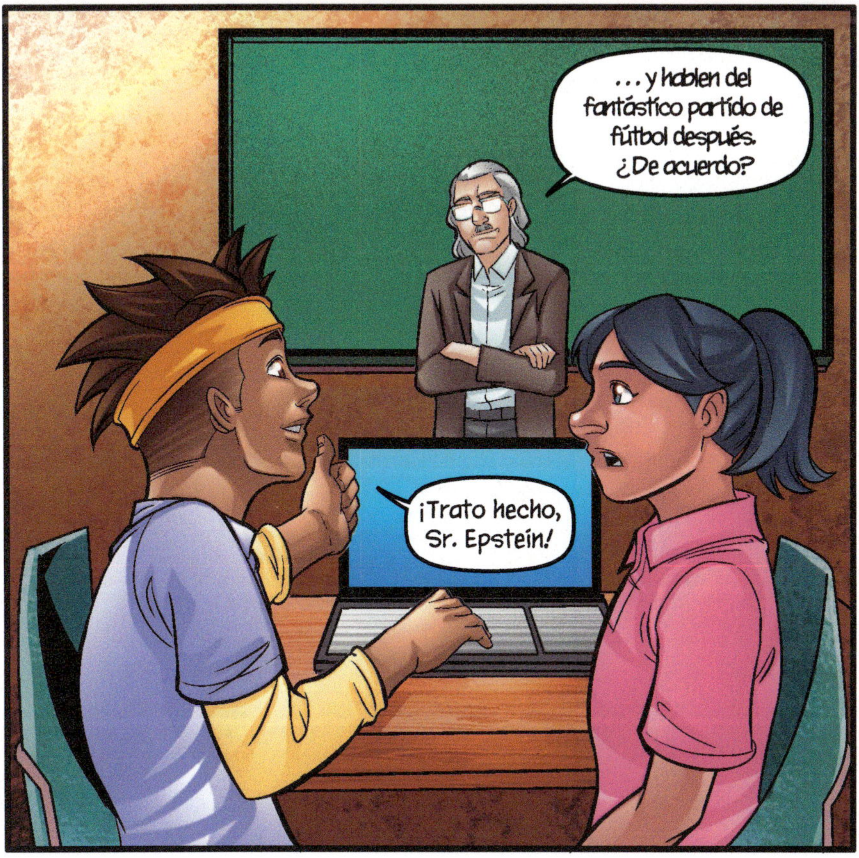
. . . y hablen del fantástico partido de fútbol después. ¿De acuerdo?
¡Trato hecho, Sr. Epstein!

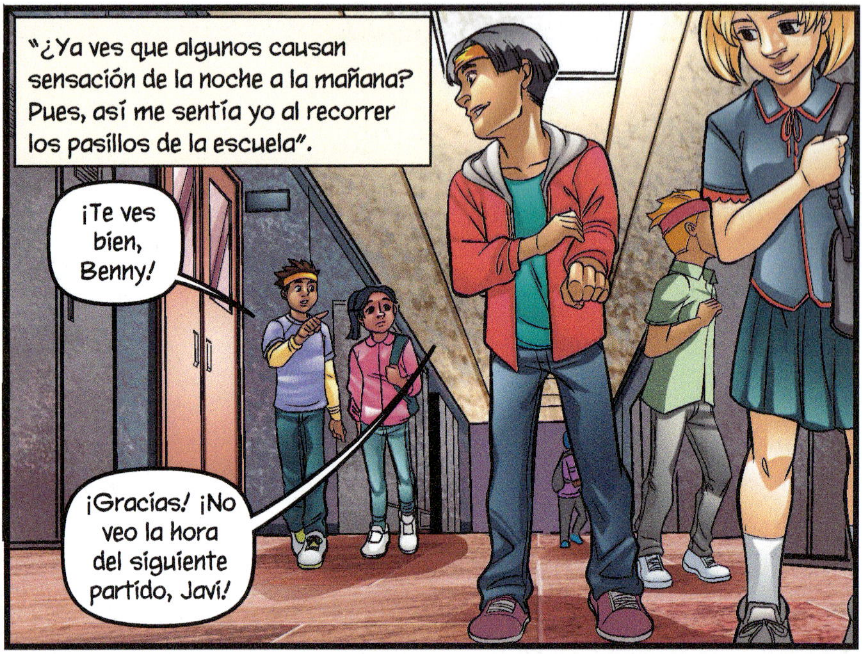
"¿Ya ves que algunos causan sensación de la noche a la mañana? Pues, así me sentía yo al recorrer los pasillos de la escuela".
¡Te ves bien, Benny!
¡Gracias! ¡No veo la hora del siguiente partido, Javi!

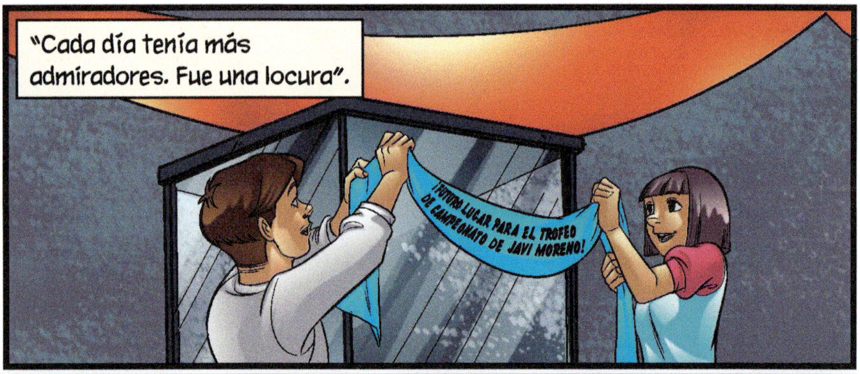
"Cada día tenía más admiradores. Fue una locura".
¡FUTURO LUGAR PARA EL TROFEO DE CAMPEONATO DE JAVI MORENO!

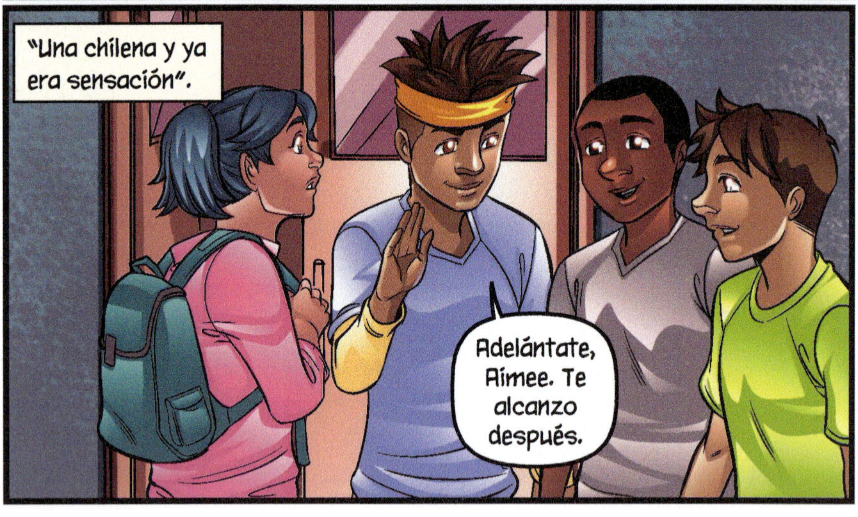
"Una chilena y ya era sensación".
Adelántate, Aimee. Te alcanzo después.

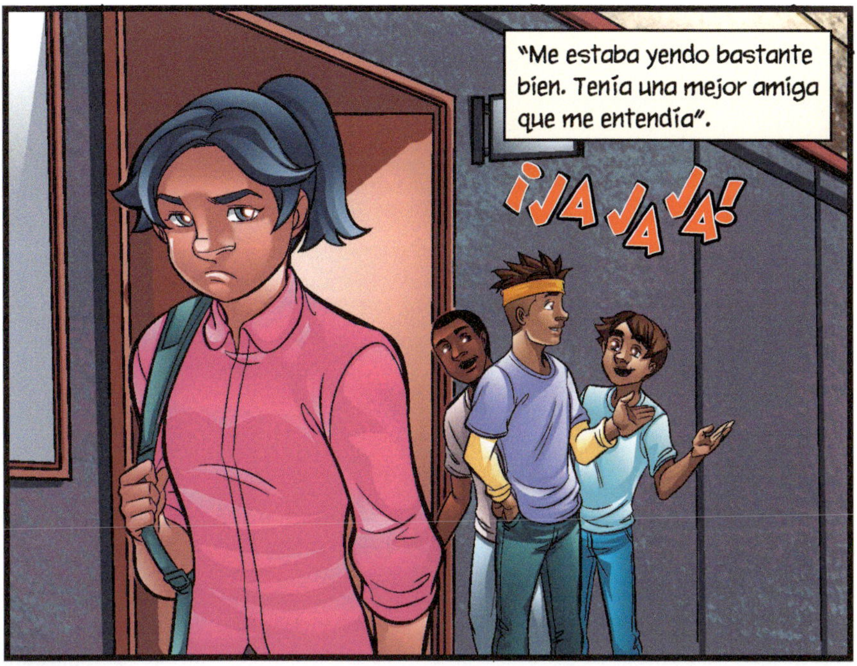
"Me estaba yendo bastante bien. Tenía una mejor amiga que me entendía".
¡JA JA JA!

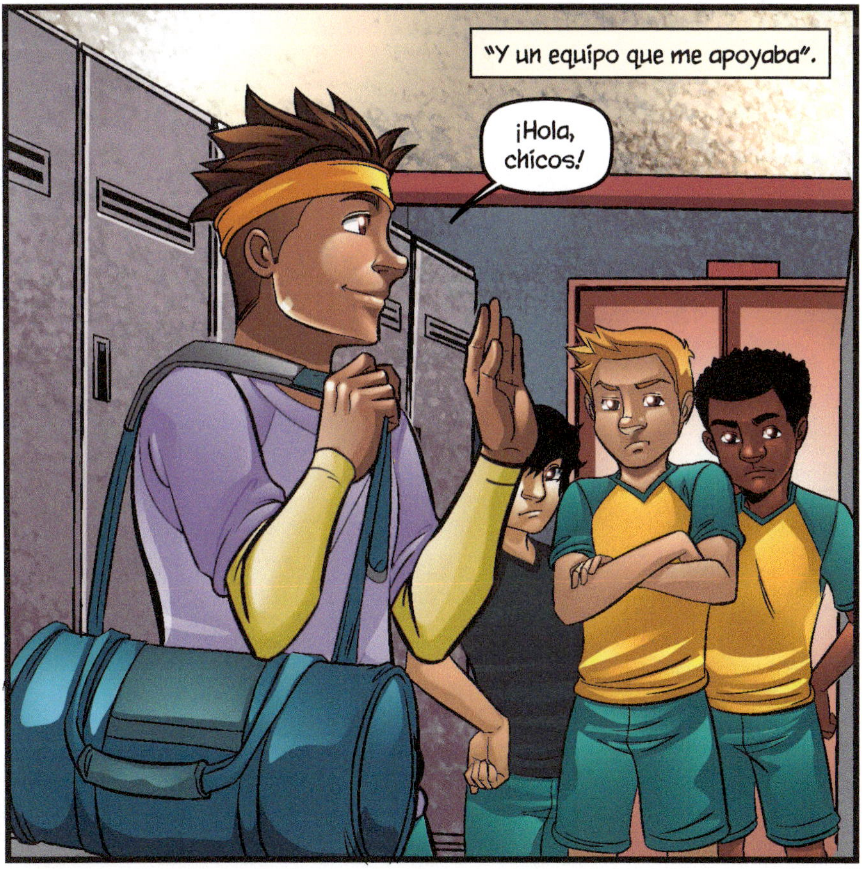
"Y un equipo que me apoyaba".
¡Hola, chicos!

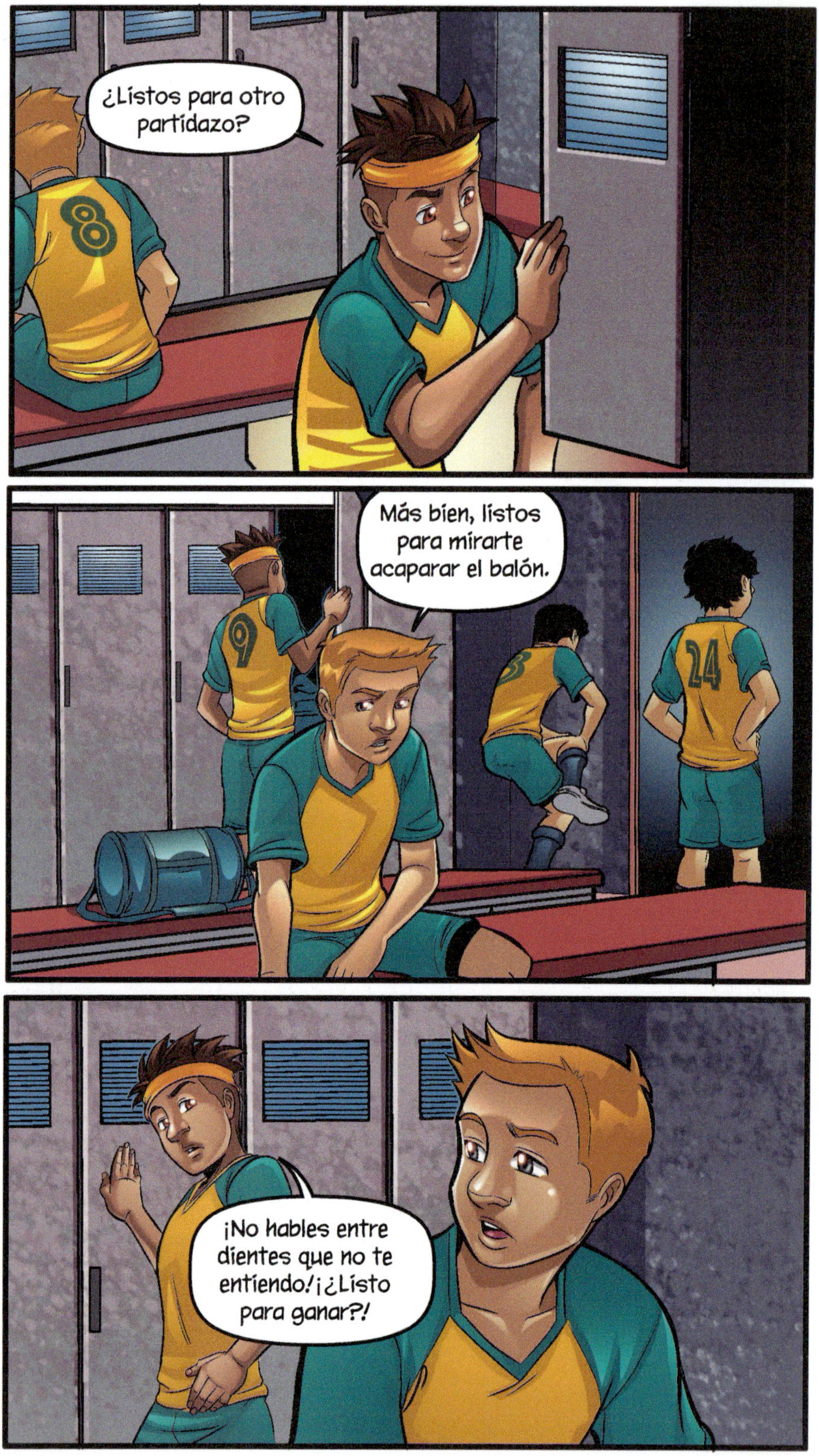
¿Listos para otro partidazo?
Más bien, listos para mirarte acaparar el balón.
8
9
3
24
¡No hables entre dientes que no te entiendo! ¡¿Listo para ganar?!

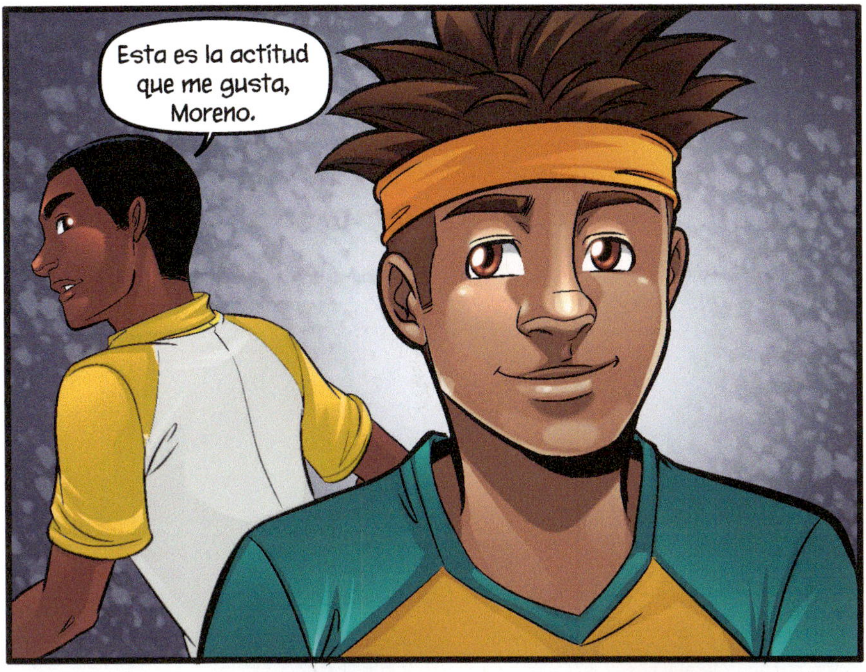
Esta es la actitud que me gusta, Moreno.

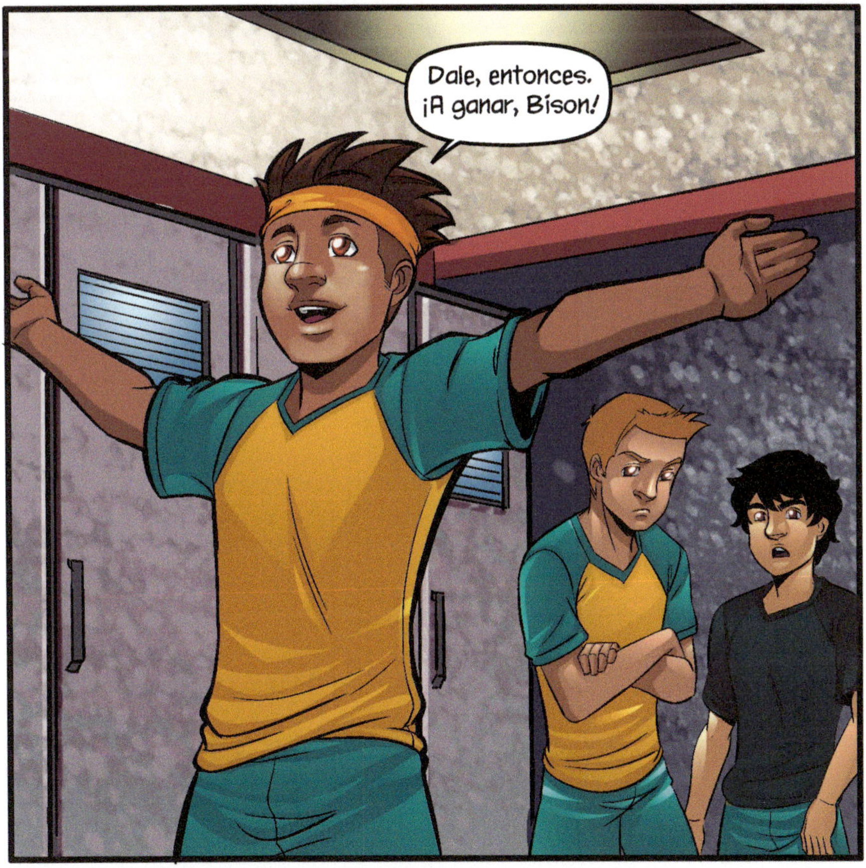
Dale, entonces. ¡A ganar, Bison!

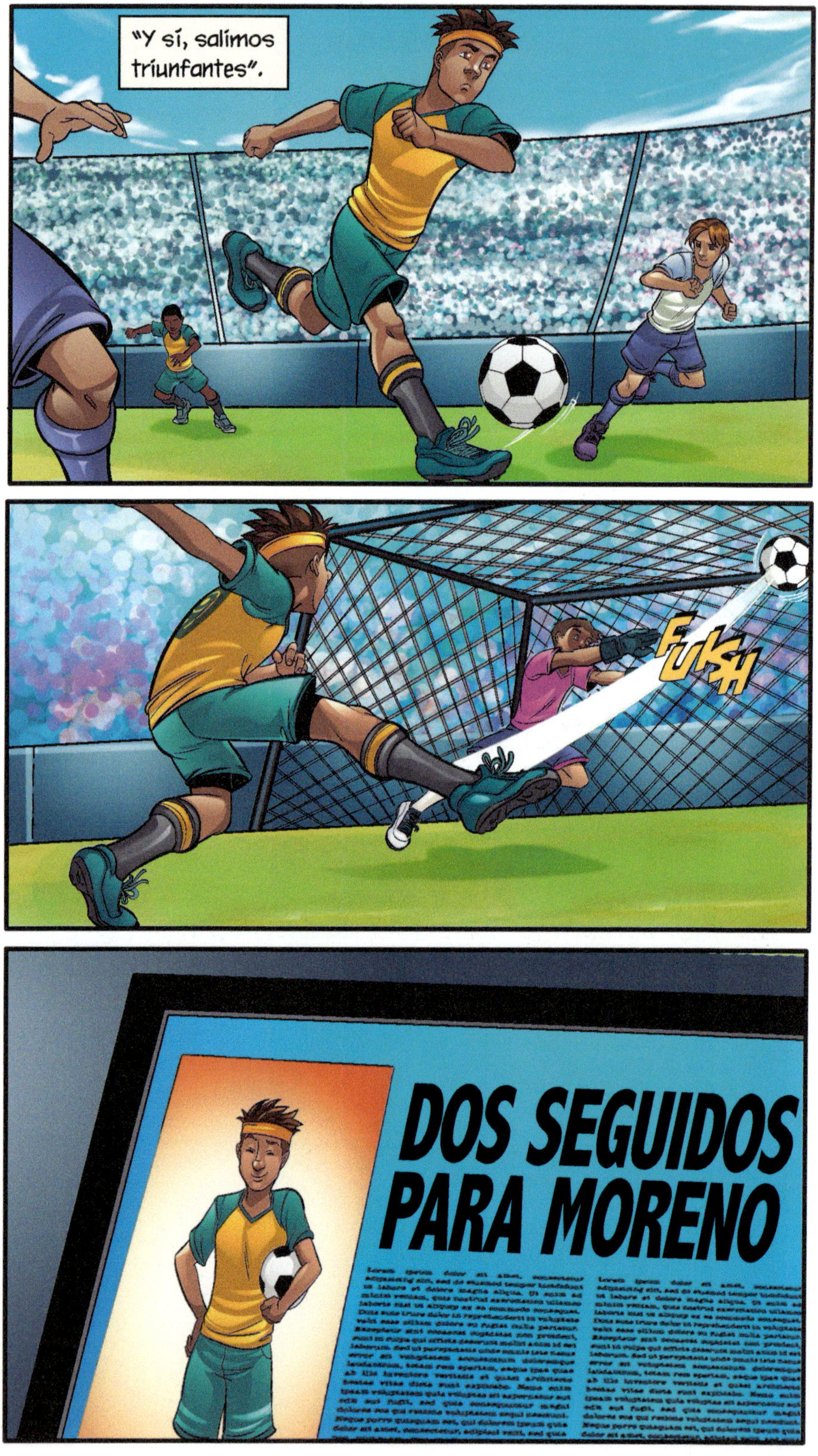
"Y sí, salimos triunfantes".
DOS SEGUIDOS PARA MORENO

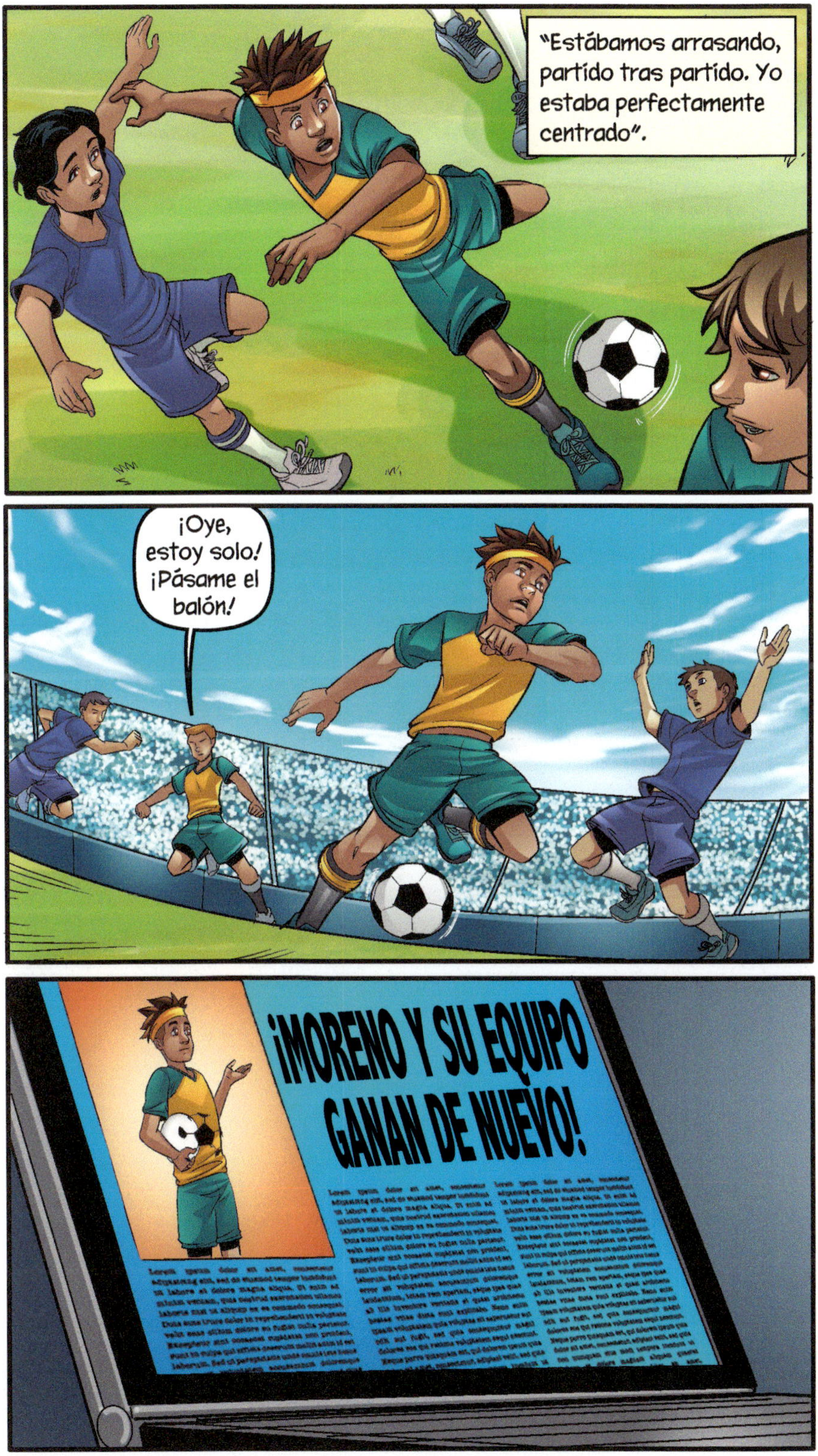
"Estábamos arrasando, partido tras partido. Yo estaba perfectamente centrado".
¡Oye, estoy solo! ¡Pásame el balón!
¡MORENO Y SU EQUIPO GANAN DE NUEVO!

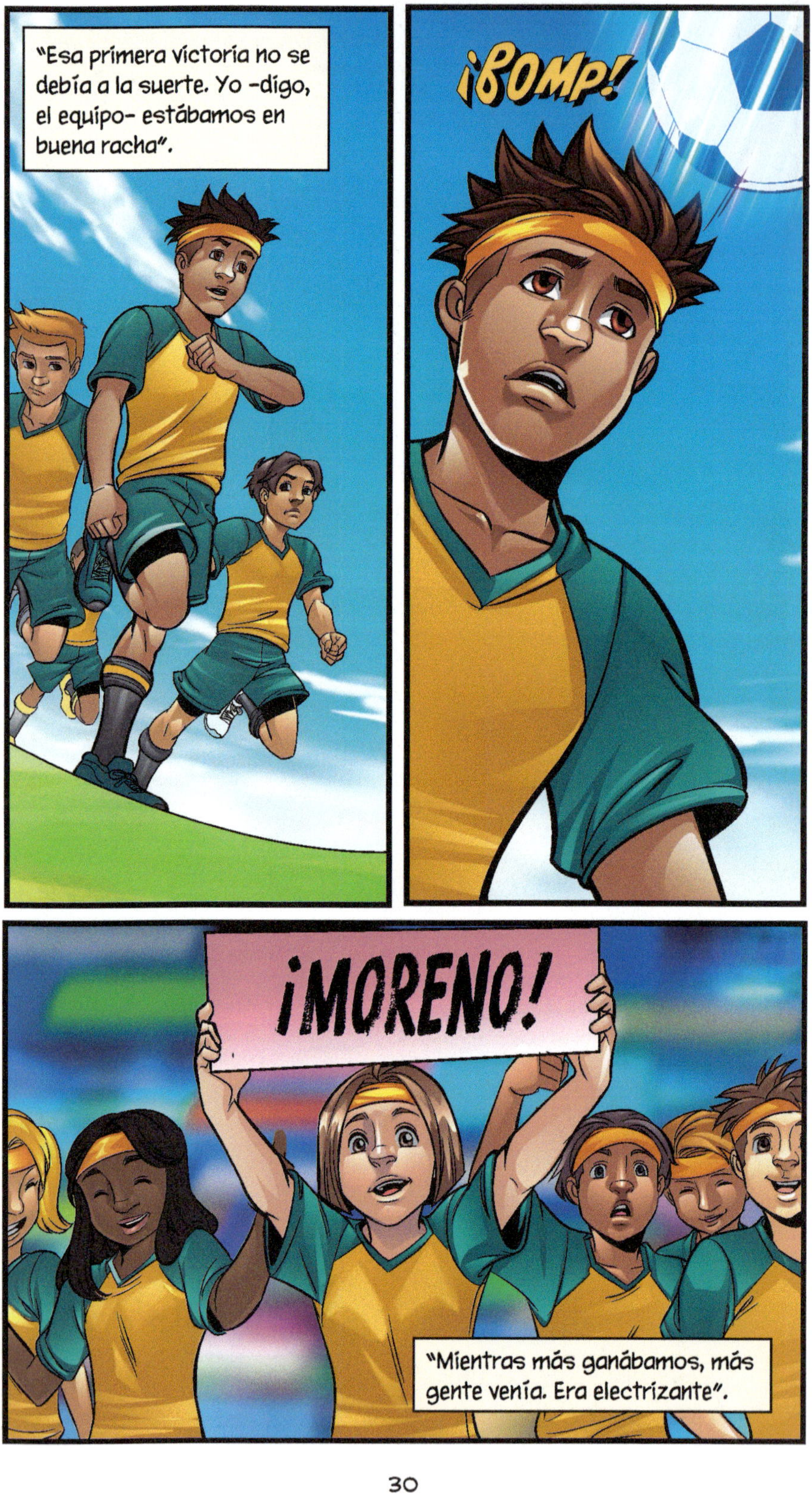
"Esa primera victoria no se debía a la suerte. Yo -digo, el equipo- estábamos en buena racha".
¡BOMP!
¡MORENO!
"Mientras más ganábamos, más gente venía. Era electrizante".

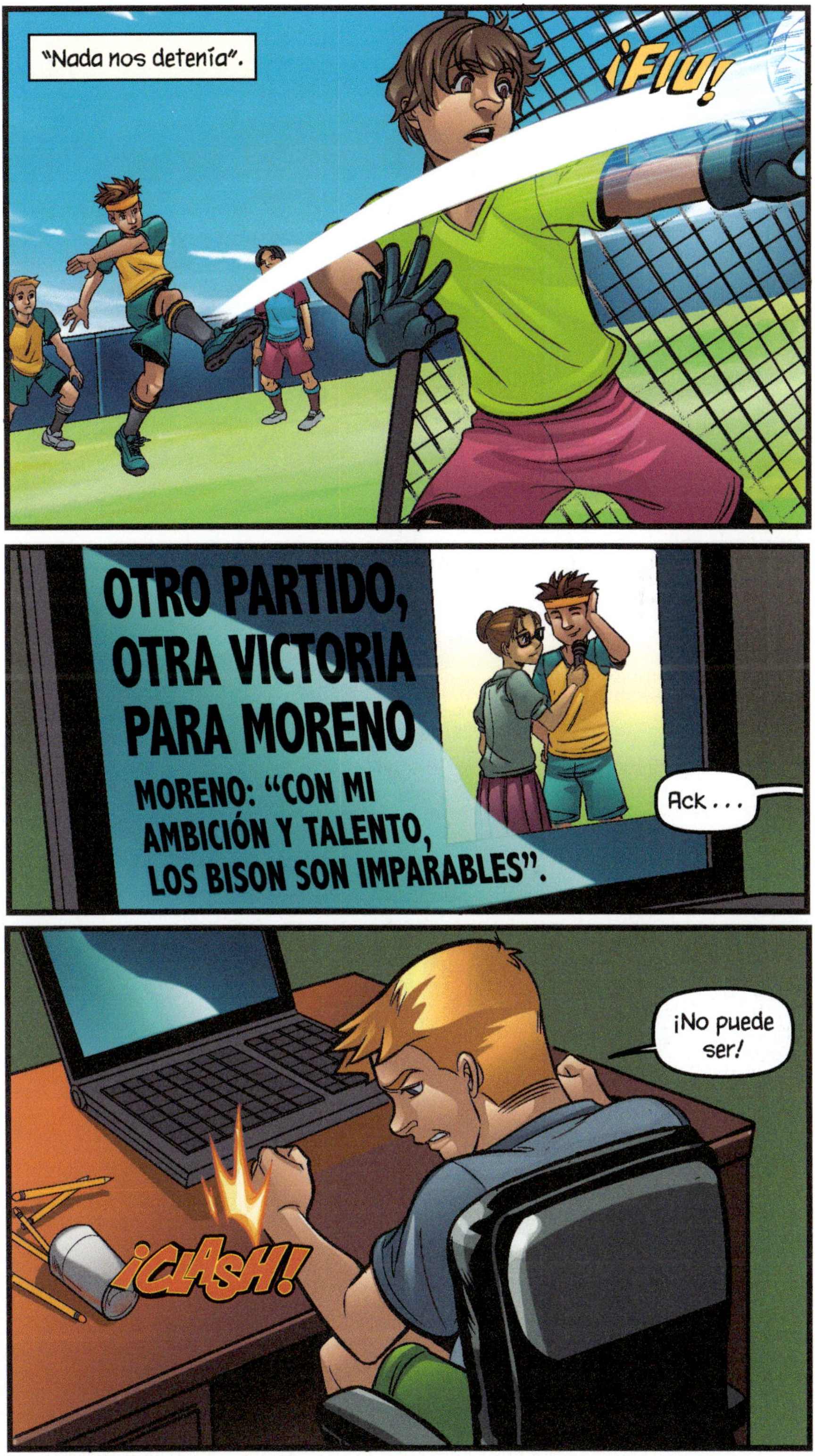
"Nada nos detenía".
¡FIU!
OTRO PARTIDO, OTRA VICTORIA PARA MORENO
MORENO: "CON MI AMBICIÓN Y TALENTO, LOS BISON SON IMPARABLES".
Ack . . .
¡No puede ser!
¡CLASH!

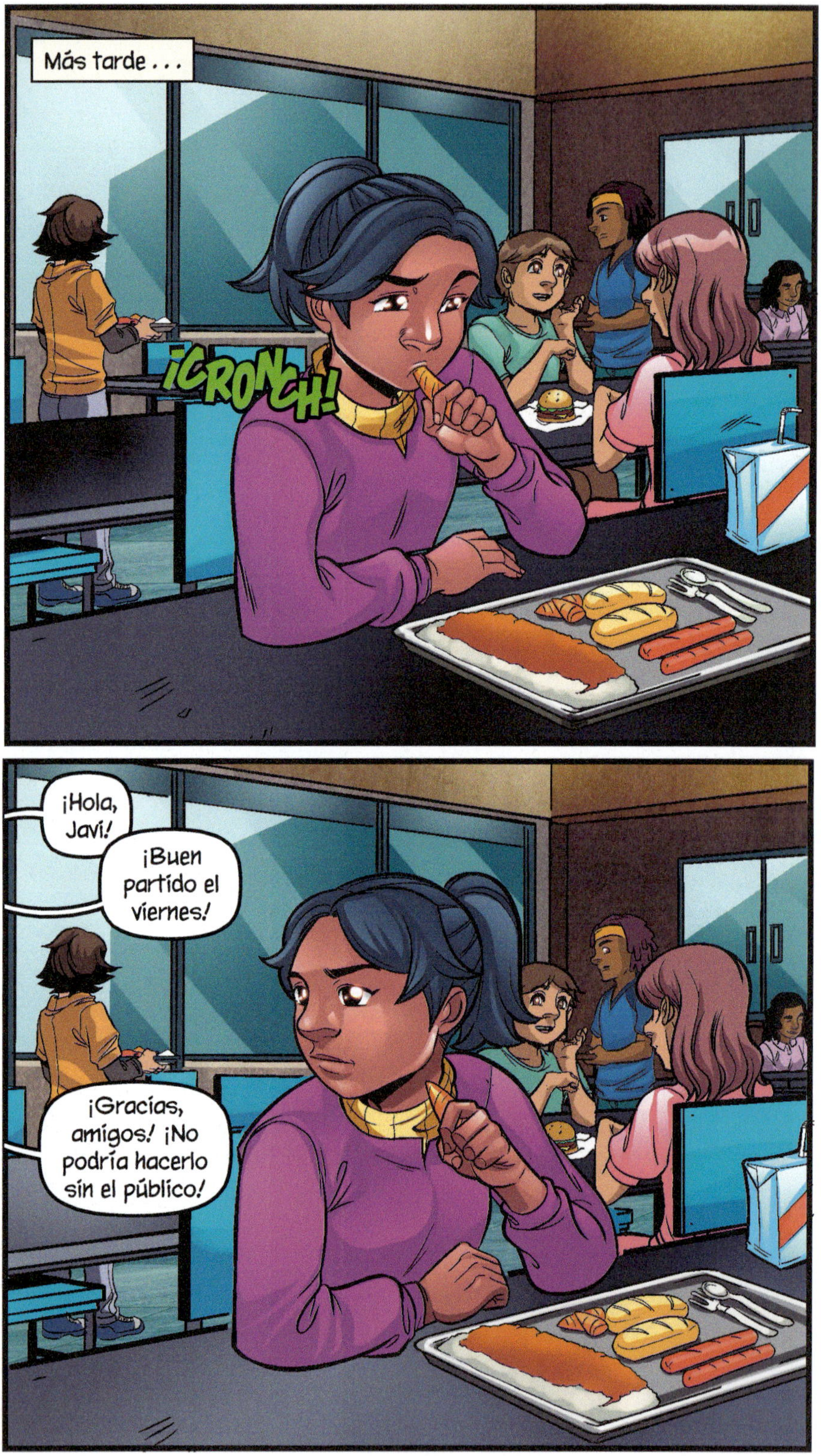
Más tarde . . .
¡CRONCH!
¡Hola, Javi!
¡Buen partido el viernes!
¡Gracias, amigos! ¡No podría hacerlo sin el público!

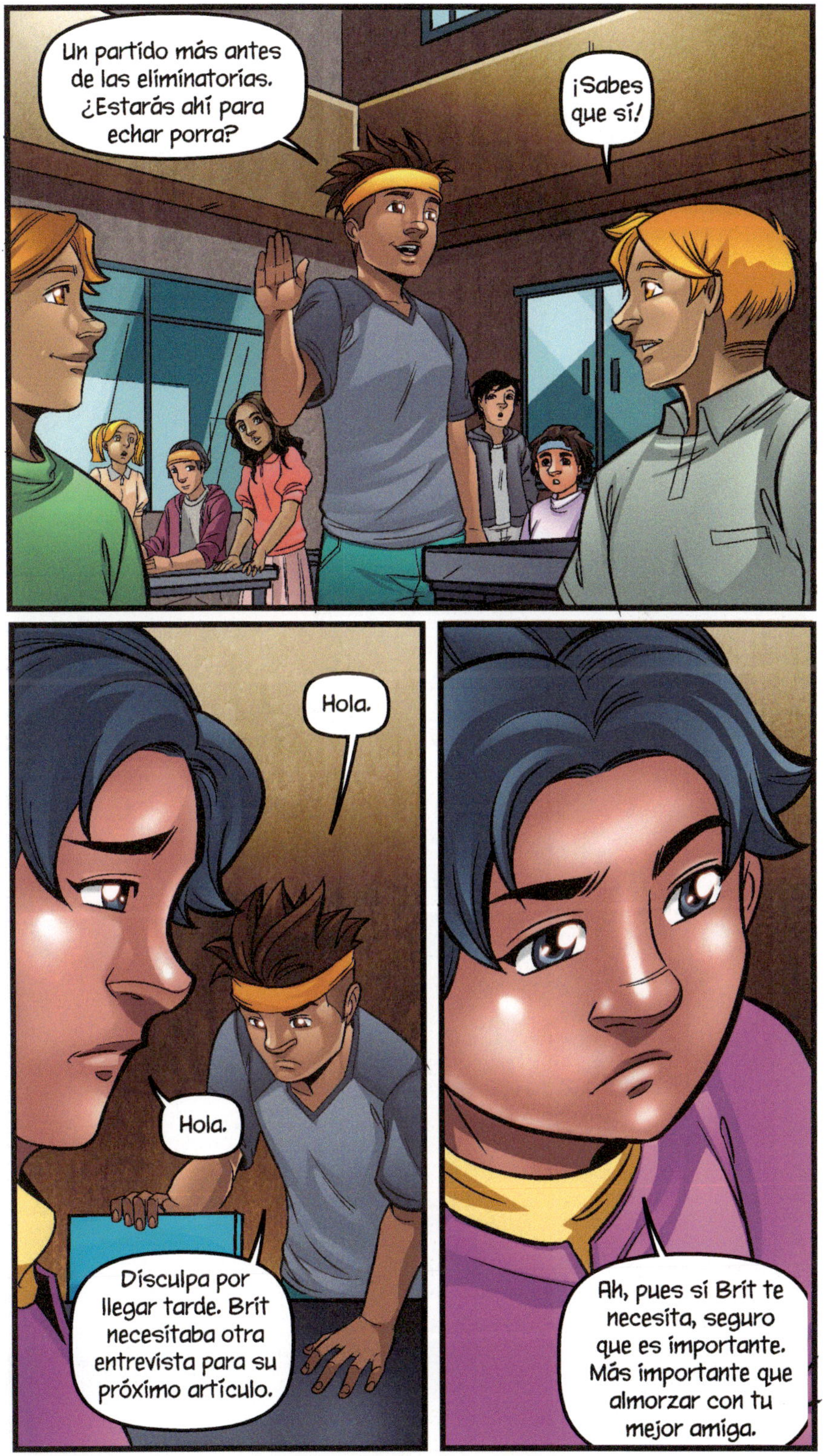
Un partido más antes de las eliminatorias. ¿Estarás ahí para echar porra?
¡Sabes que sí!
Hola.
Hola.
Disculpa por llegar tarde. Brit necesitaba otra entrevista para su próximo artículo.
Ah, pues si Brit te necesita, seguro que es importante. Más importante que almorzar con tu mejor amiga.

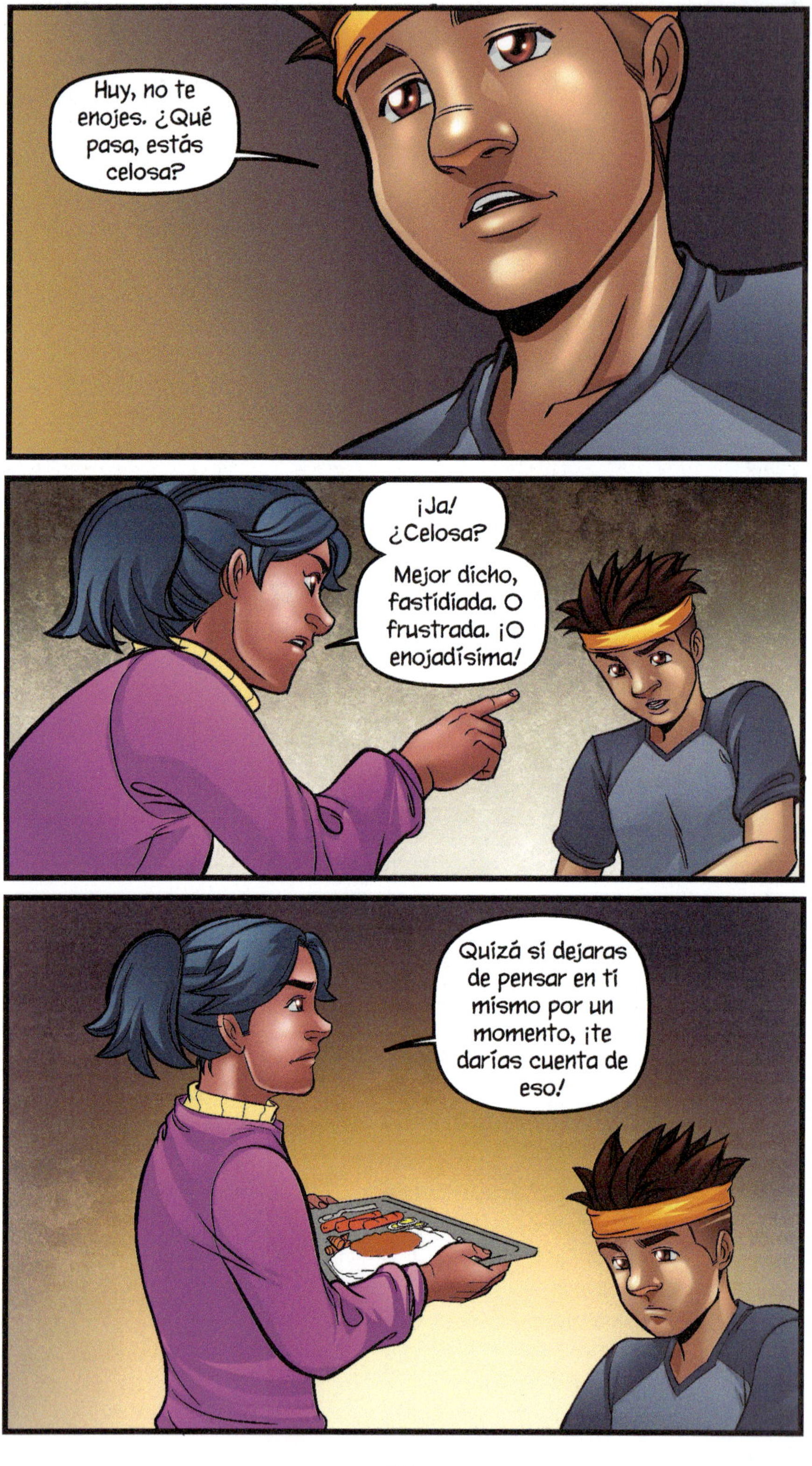
Huy, no te enojes. ¿Qué pasa, estás celosa?
¡Ja! ¿Celosa?
Mejor dicho, fastidiada. O frustrada. ¡O enojadísima!
Quizá si dejaras de pensar en ti mismo por un momento, ¡te darías cuenta de eso!

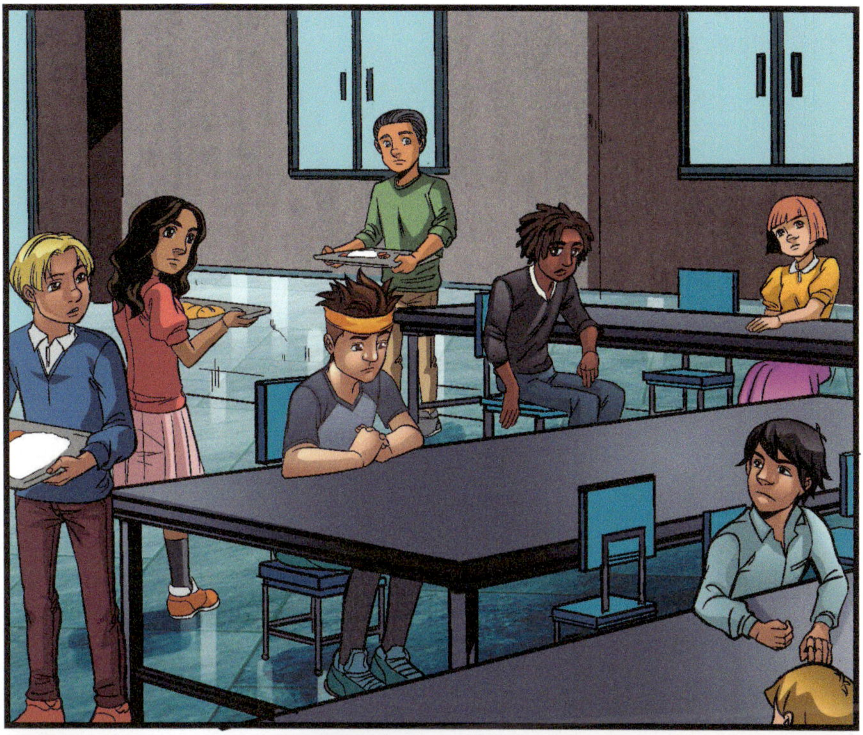

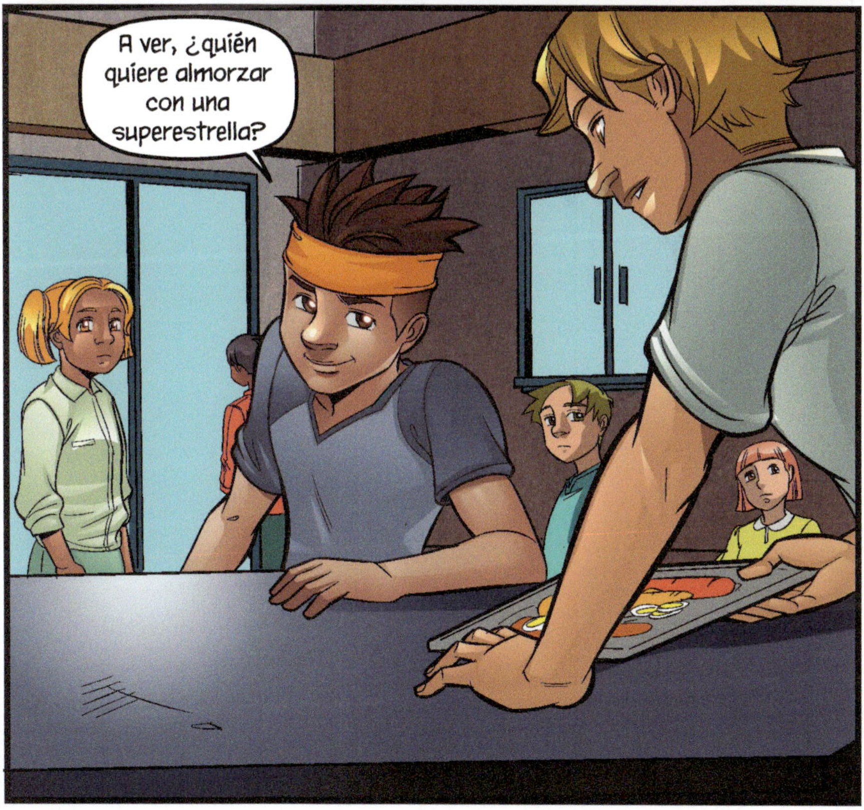
A ver, ¿quién quiere almorzar con una superestrella?

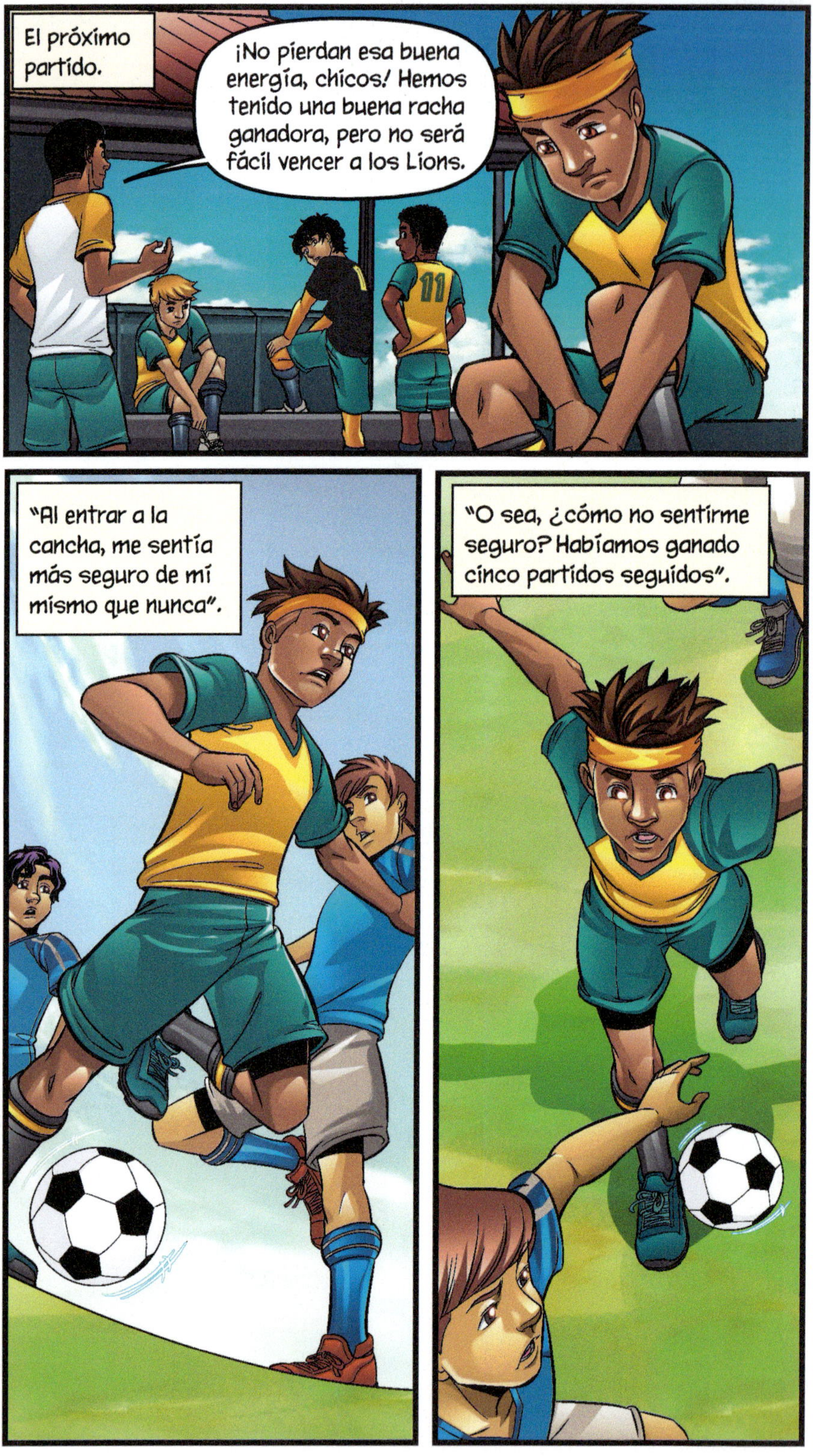
El próximo partido.
¡No pierdan esa buena energía, chicos! Hemos tenido una buena racha ganadora, pero no será fácil vencer a los Lions.
11
"Al entrar a la cancha, me sentía más seguro de mí mismo que nunca".
"O sea, ¿cómo no sentirme seguro? Habíamos ganado cinco partidos seguidos".

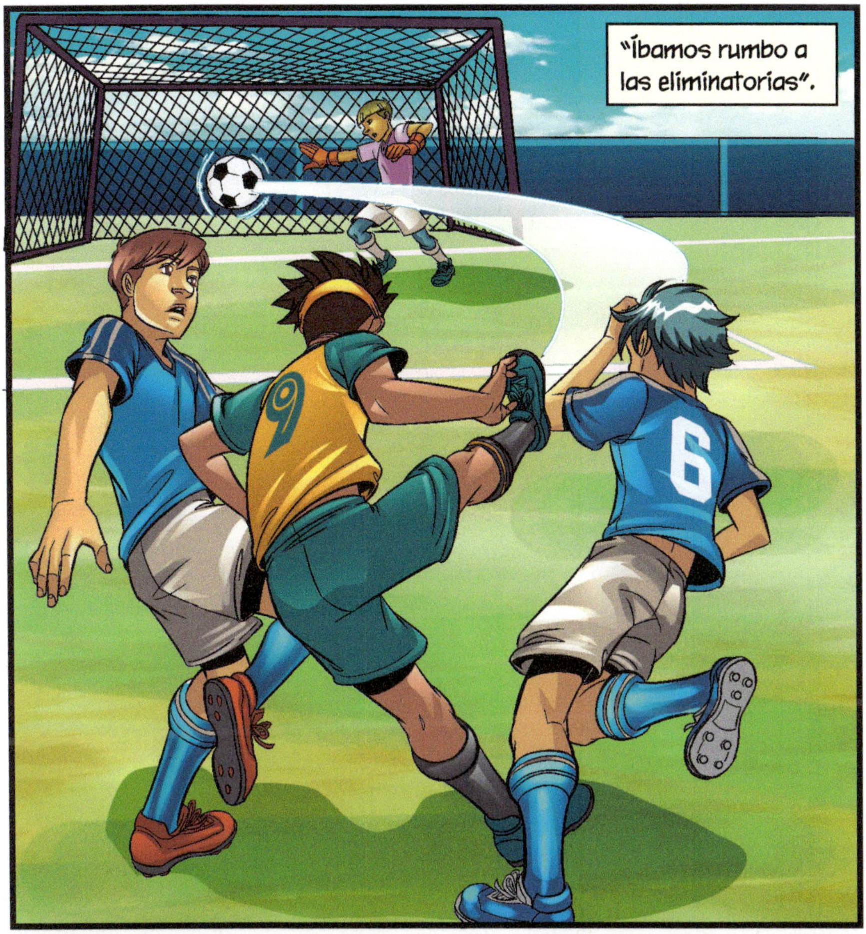
"Íbamos rumbo a
las eliminatorias".

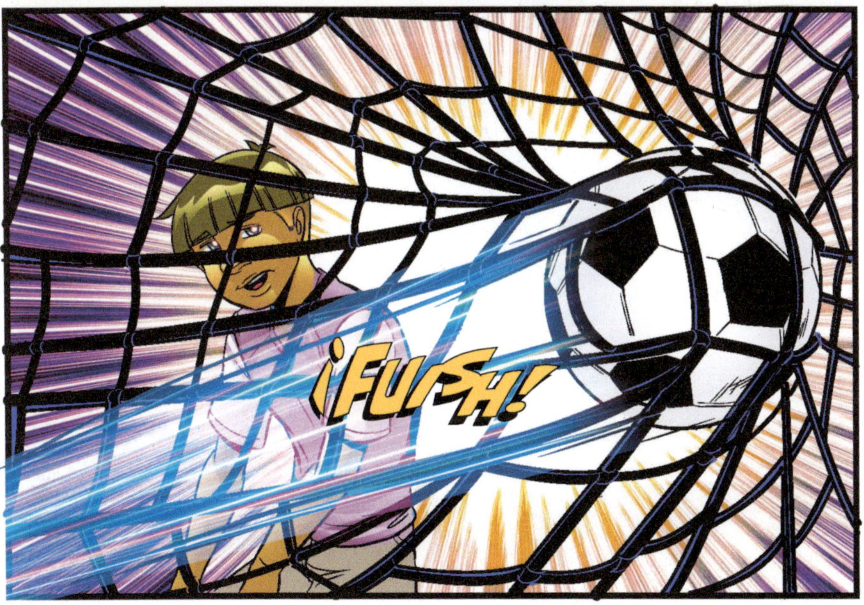
¡FUFSH!

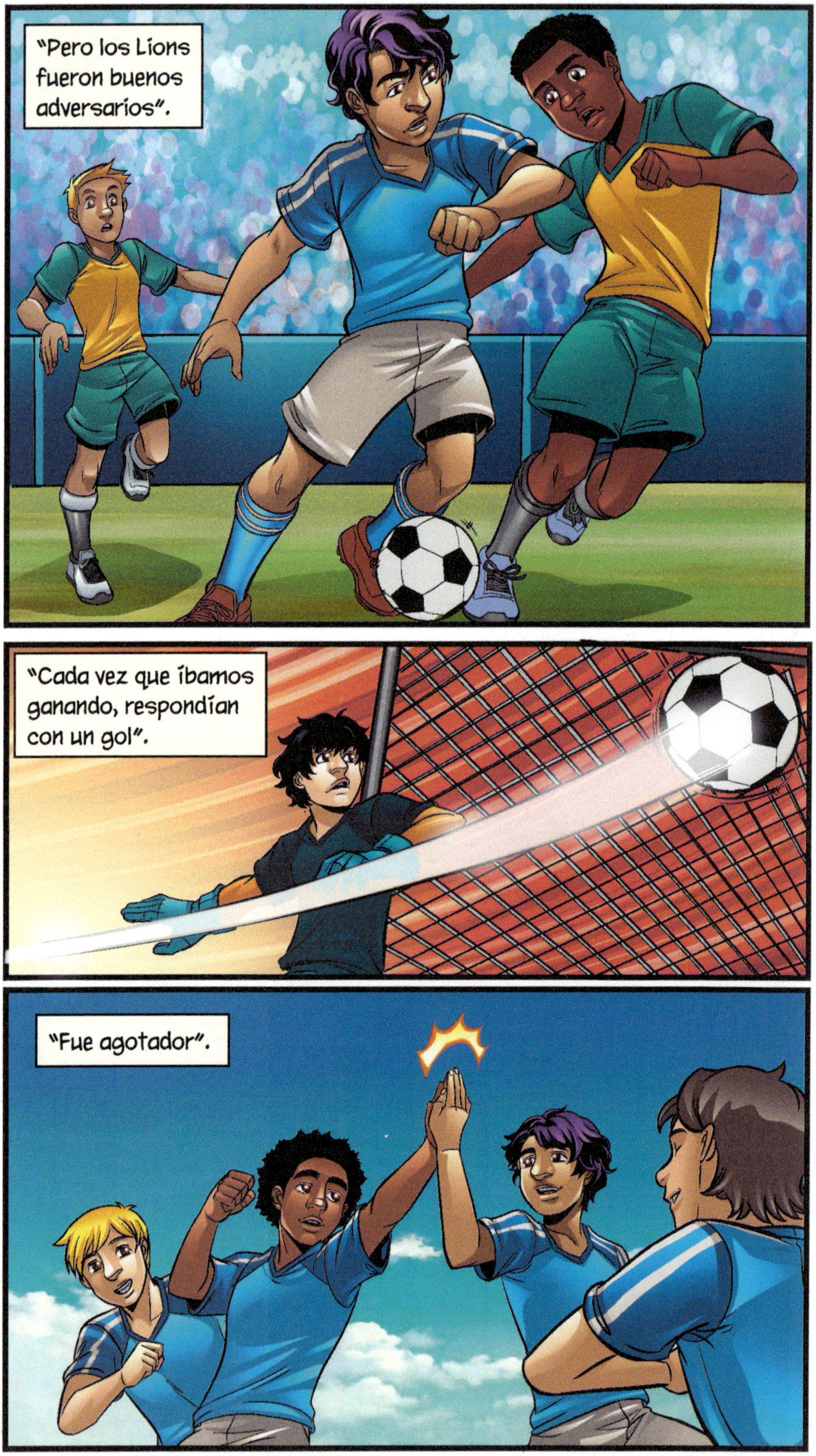
"Pero los Lions fueron buenos adversarios".
"Cada vez que íbamos ganando, respondían con un gol".
"Fue agotador".

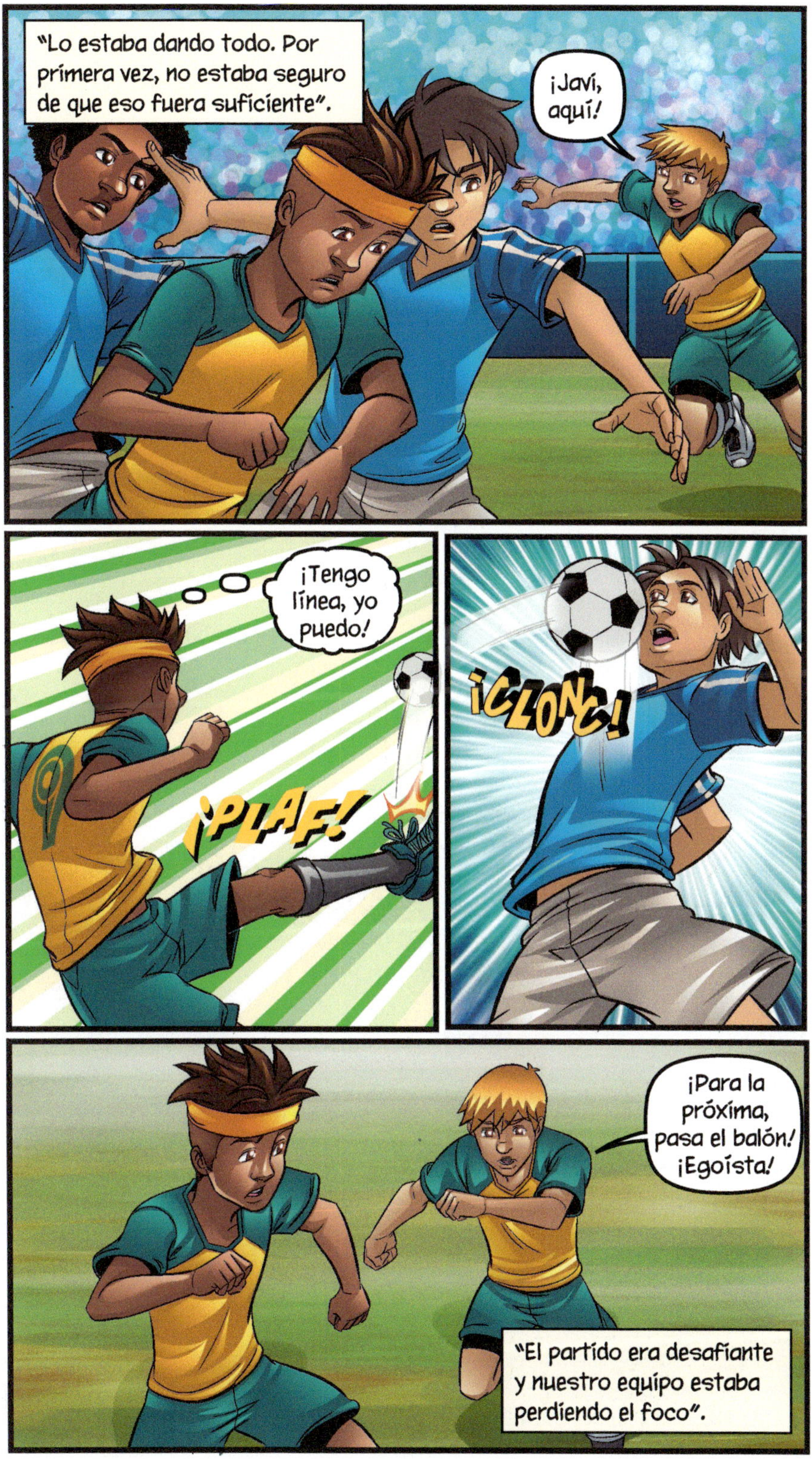
"Lo estaba dando todo. Por primera vez, no estaba seguro de que eso fuera suficiente".
¡Javi, aquí!
¡Tengo línea, yo puedo!
¡PLAF!
¡CLONC!
¡Para la próxima, pasa el balón! ¡Egoísta!
"El partido era desafiante y nuestro equipo estaba perdiendo el foco".

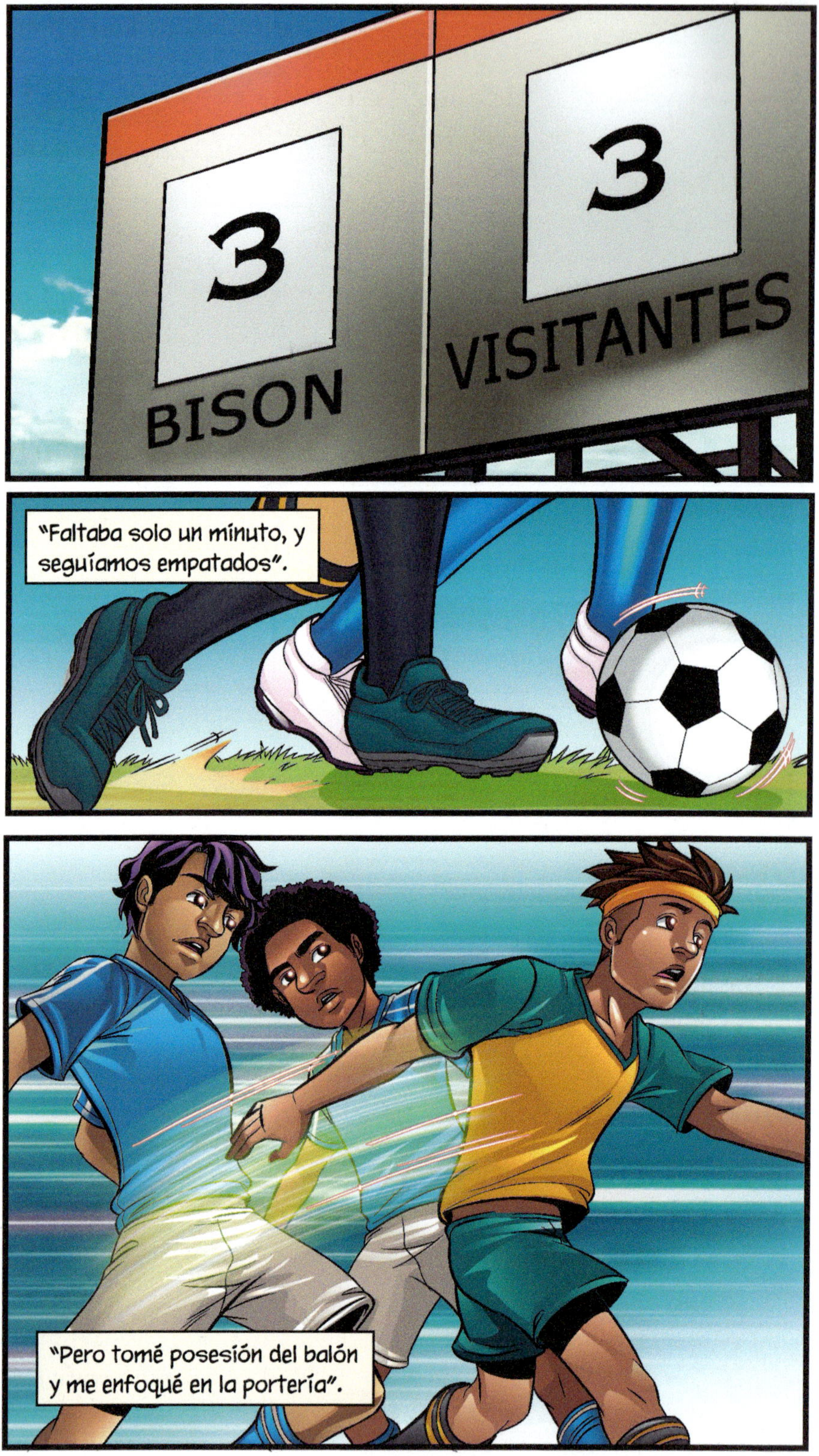
3
3
BISON
VISITANTES
"Faltaba solo un minuto, y seguíamos empatados".
"Pero tomé posesión del balón y me enfoqué en la portería".

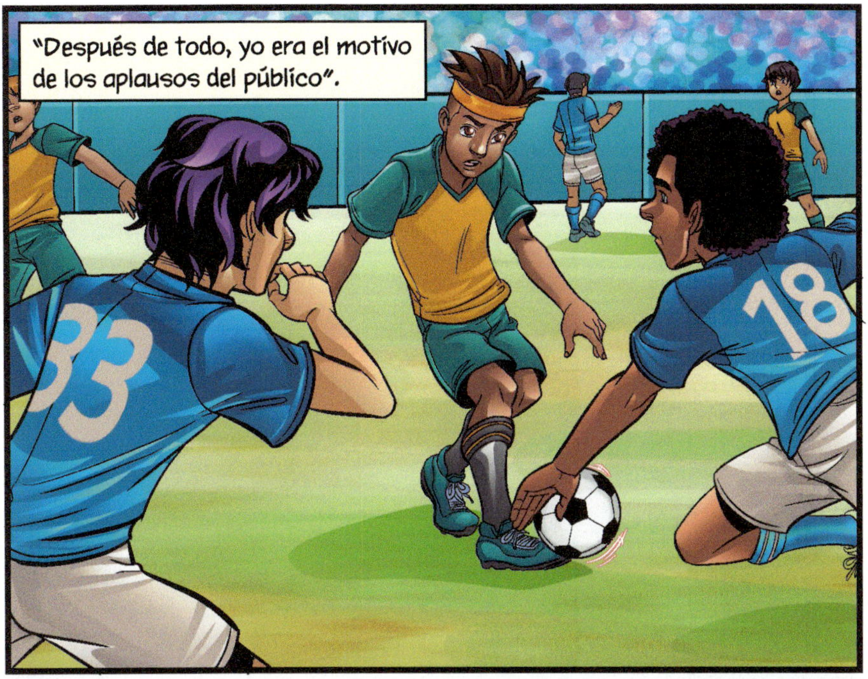
"Después de todo, yo era el motivo de los aplausos del público".

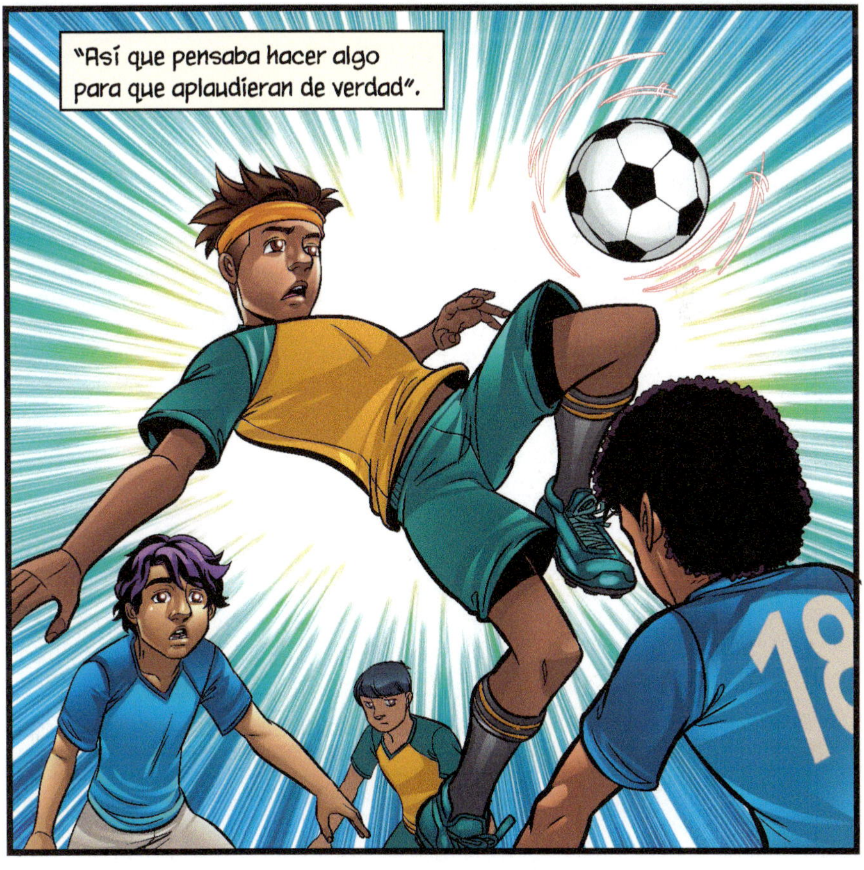
"Así que pensaba hacer algo para que aplaudieran de verdad".

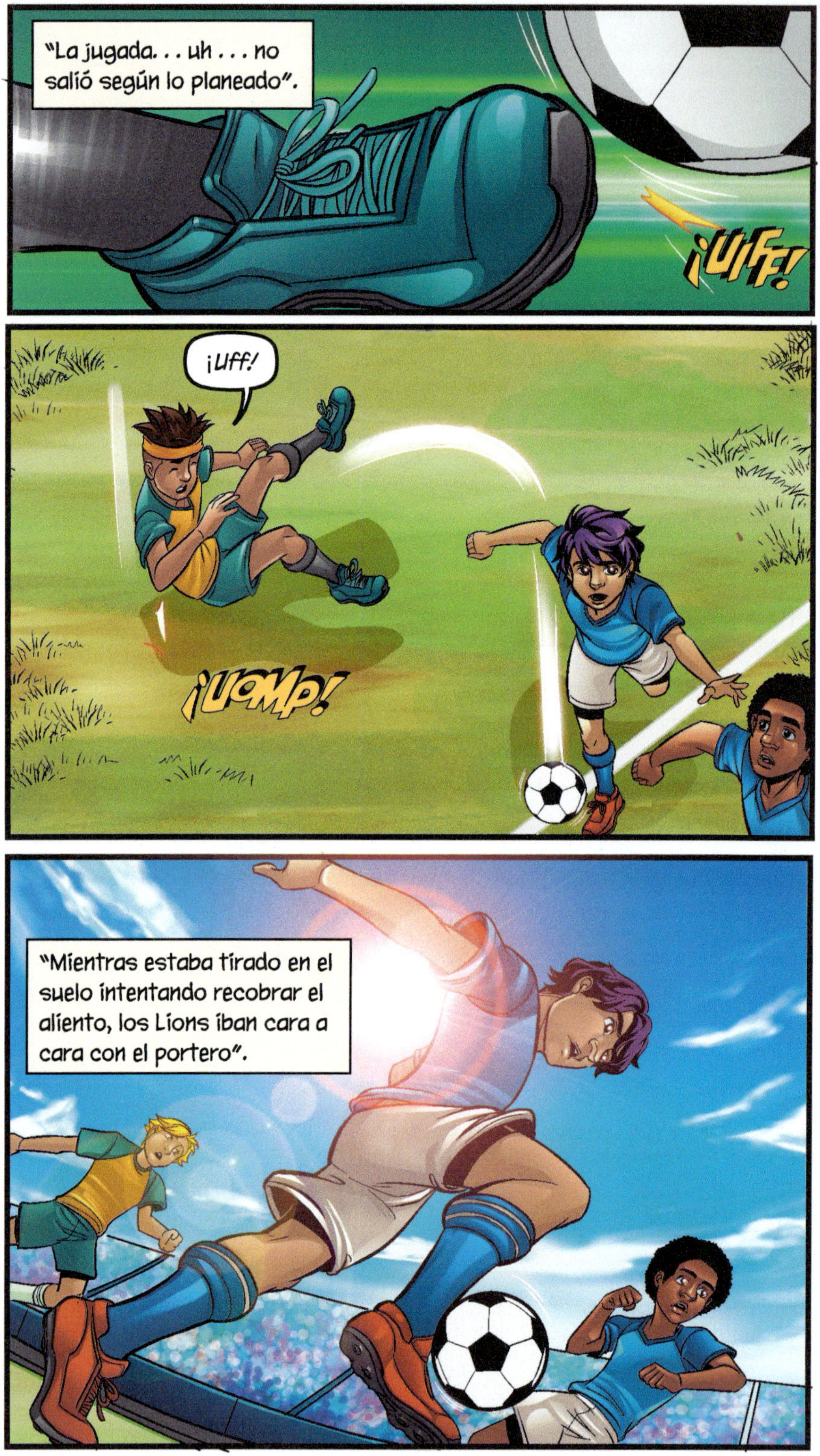
"La jugada. . . uh . . . no salió según lo planeado".
¡UFF!
¡Uff!
¡UOMP!
"Mientras estaba tirado en el suelo intentando recobrar el aliento, los Lions iban cara a cara con el portero".

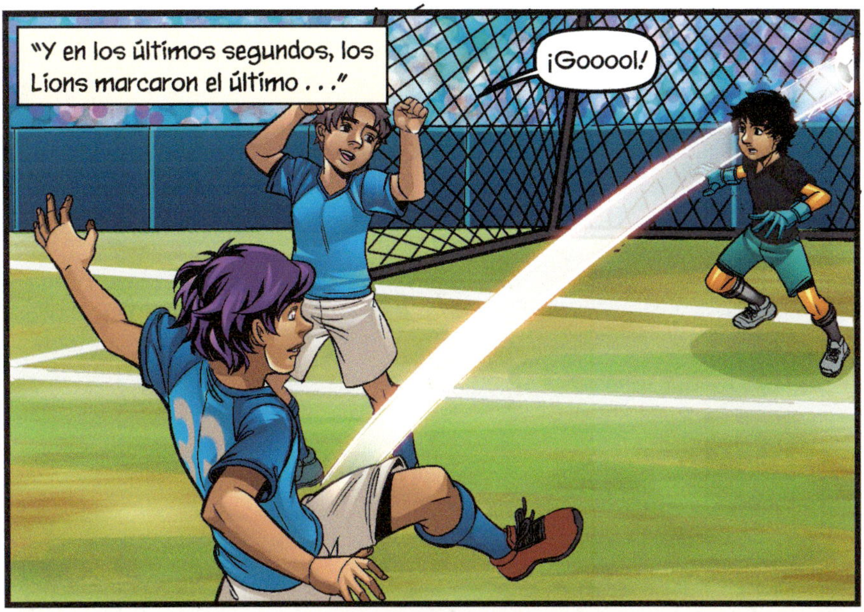
"Y en los últimos segundos, los Lions marcaron el último . . ."
¡Gooool!

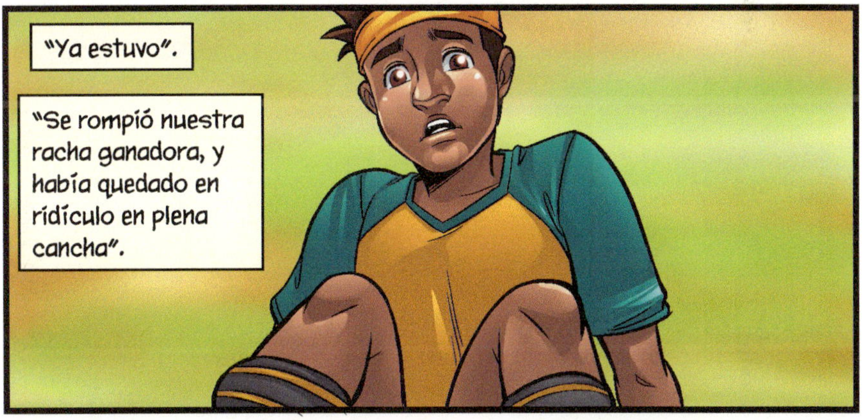
"Ya estuvo".
"Se rompió nuestra racha ganadora, y había quedado en ridículo en plena cancha".

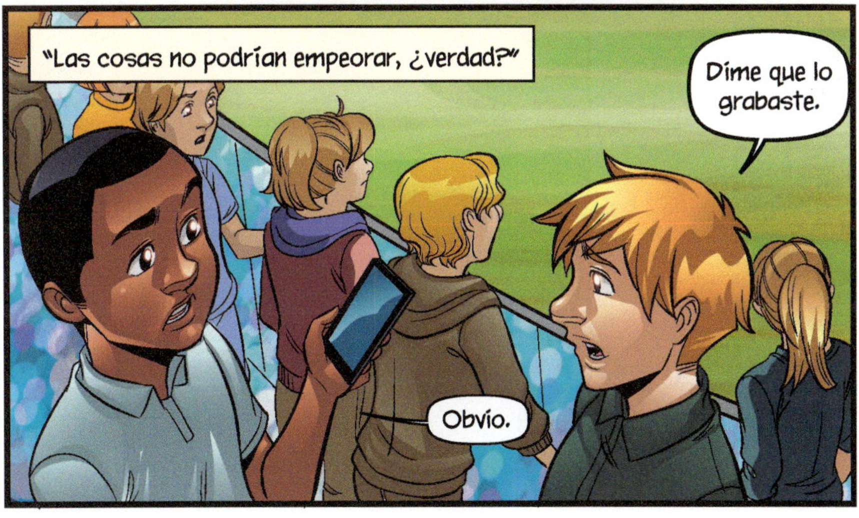
"Las cosas no podrían empeorar, ¿verdad?"
Dime que lo grabaste.
Obvio.

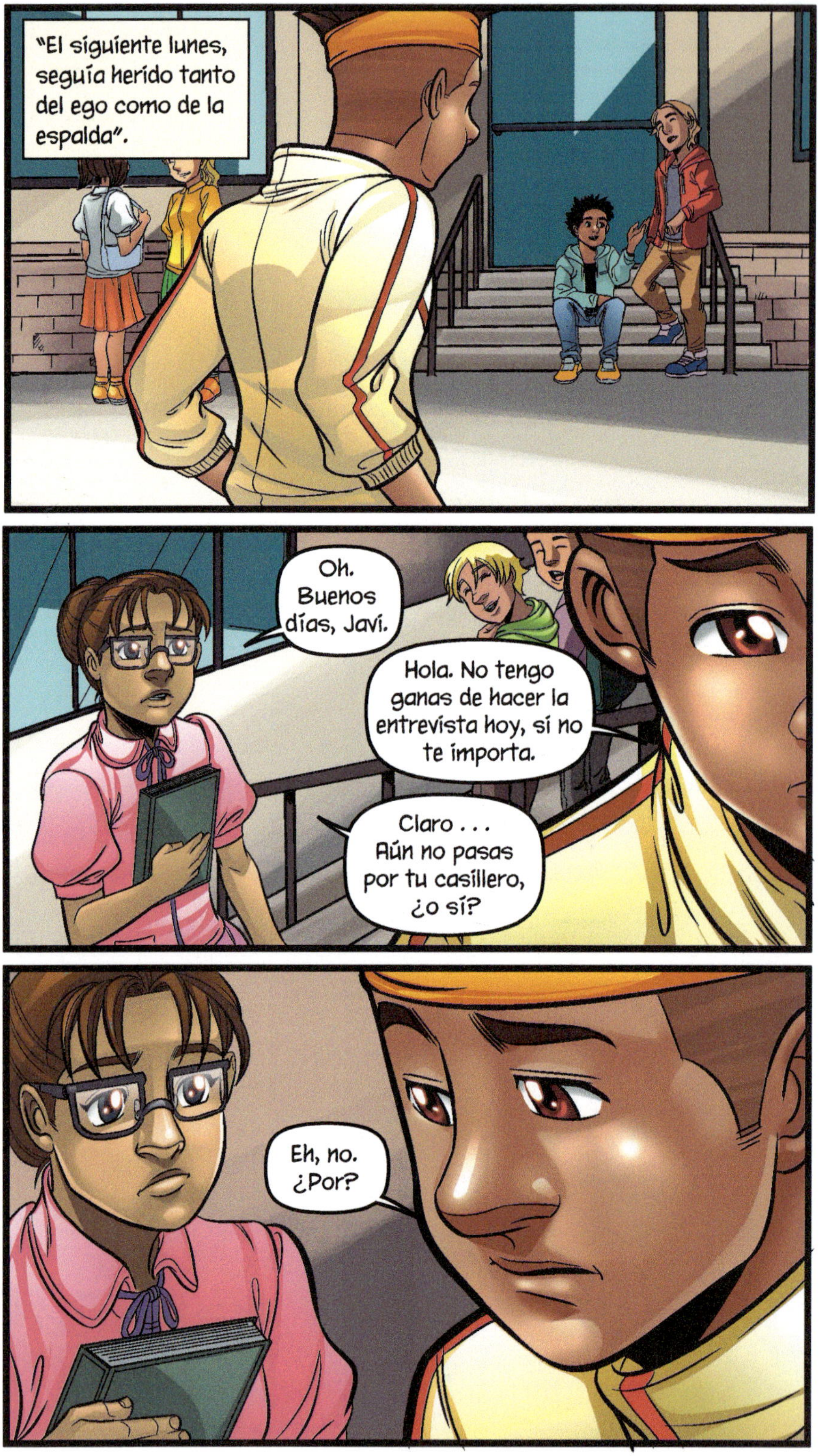
"El siguiente lunes, seguía herido tanto del ego como de la espalda".
Oh. Buenos días, Javi.
Hola. No tengo ganas de hacer la entrevista hoy, si no te importa.
Claro . . . Aún no pasas por tu casillero, ¿o sí?
Eh, no. ¿Por?

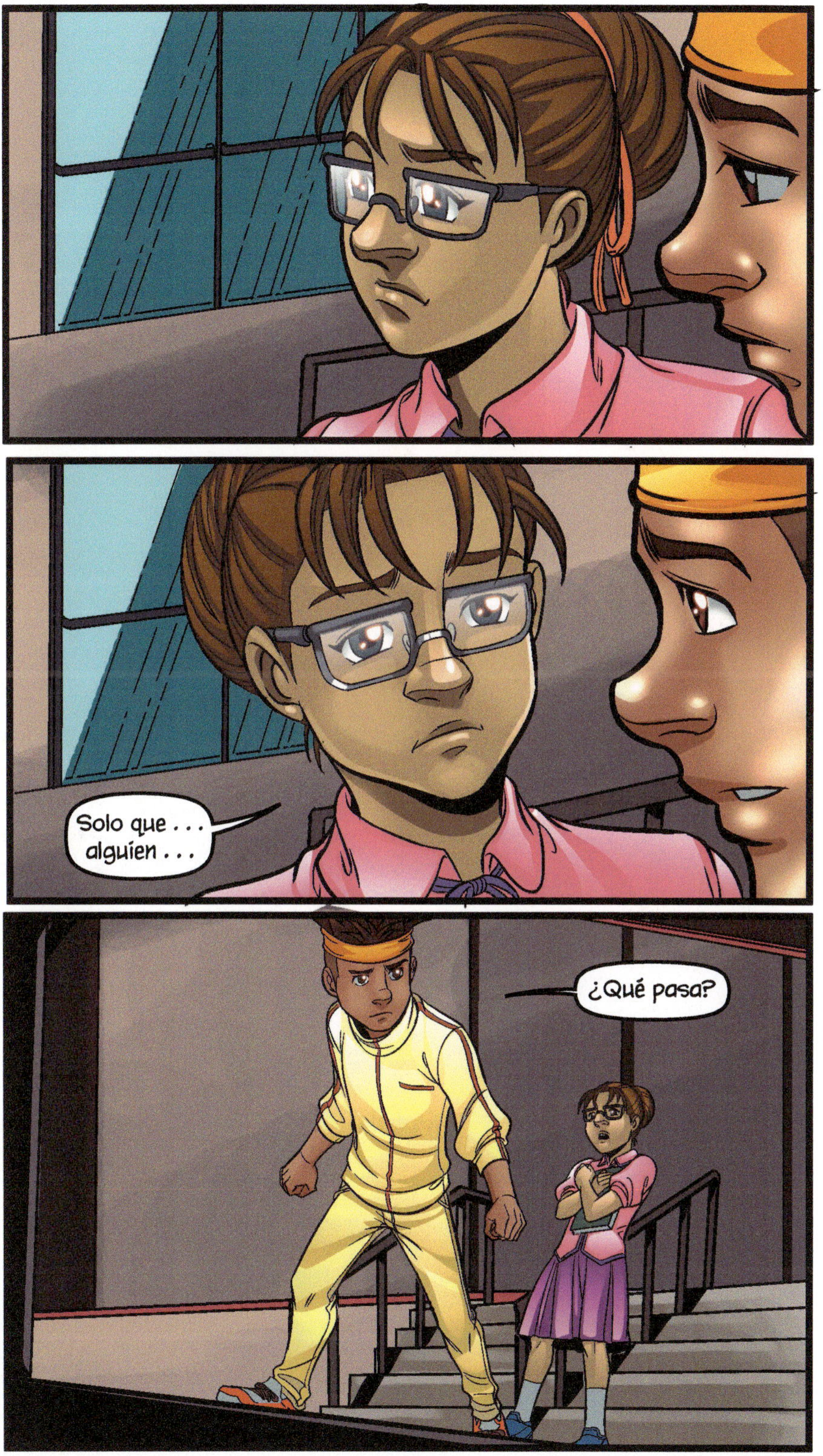
Solo que . . . alguien . . .
¿Qué pasa?

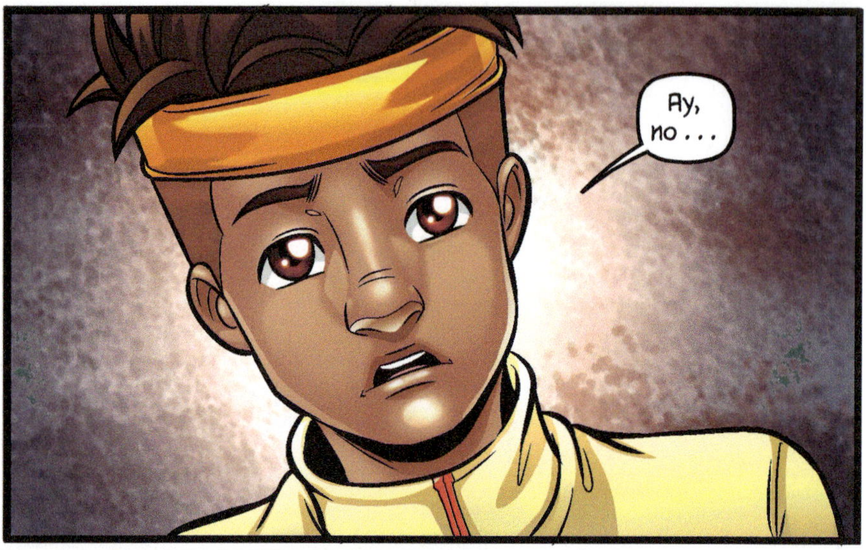
Ay, no . . .

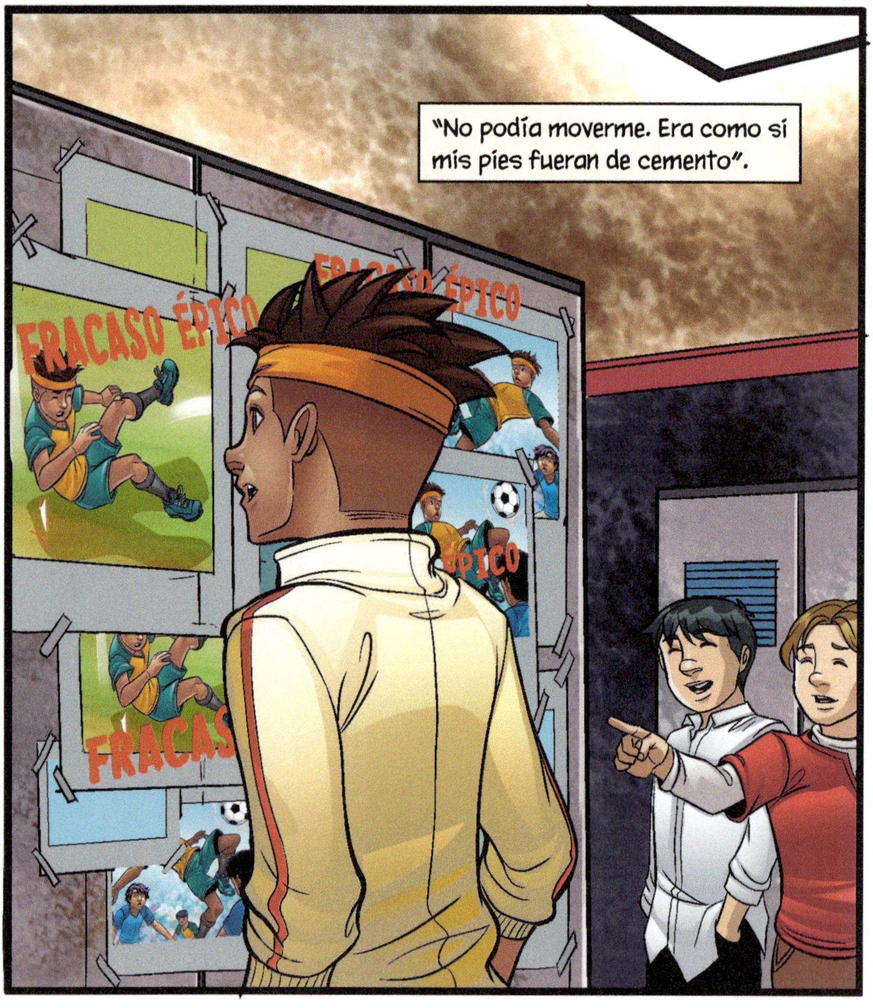
"No podía moverme. Era como si mis pies fueran de cemento".
FRACASO ÉPICO
FRACASO ÉPICO

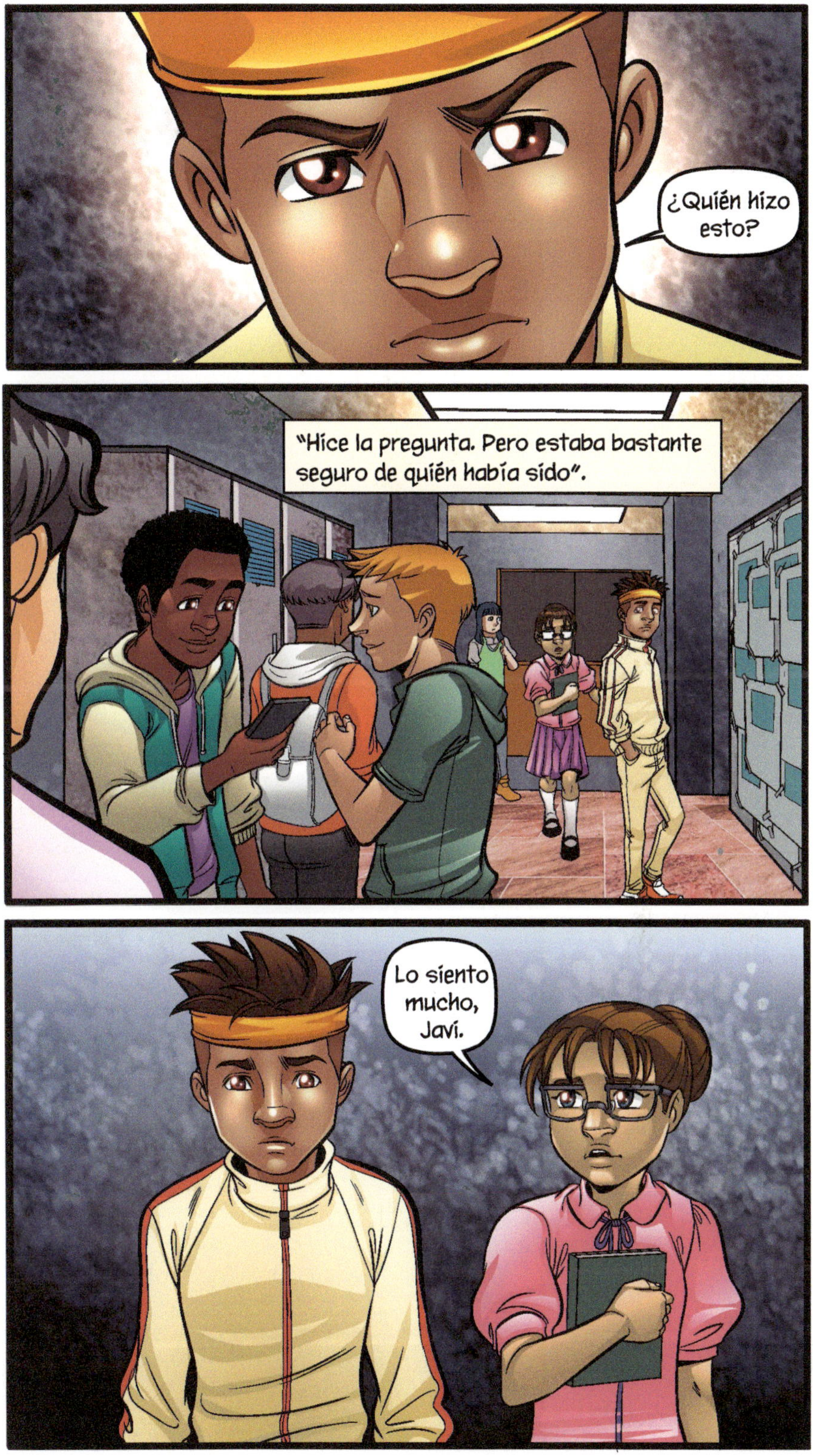
¿Quién hizo esto?
"Hice la pregunta. Pero estaba bastante seguro de quién había sido".
Lo siento mucho, Javi.

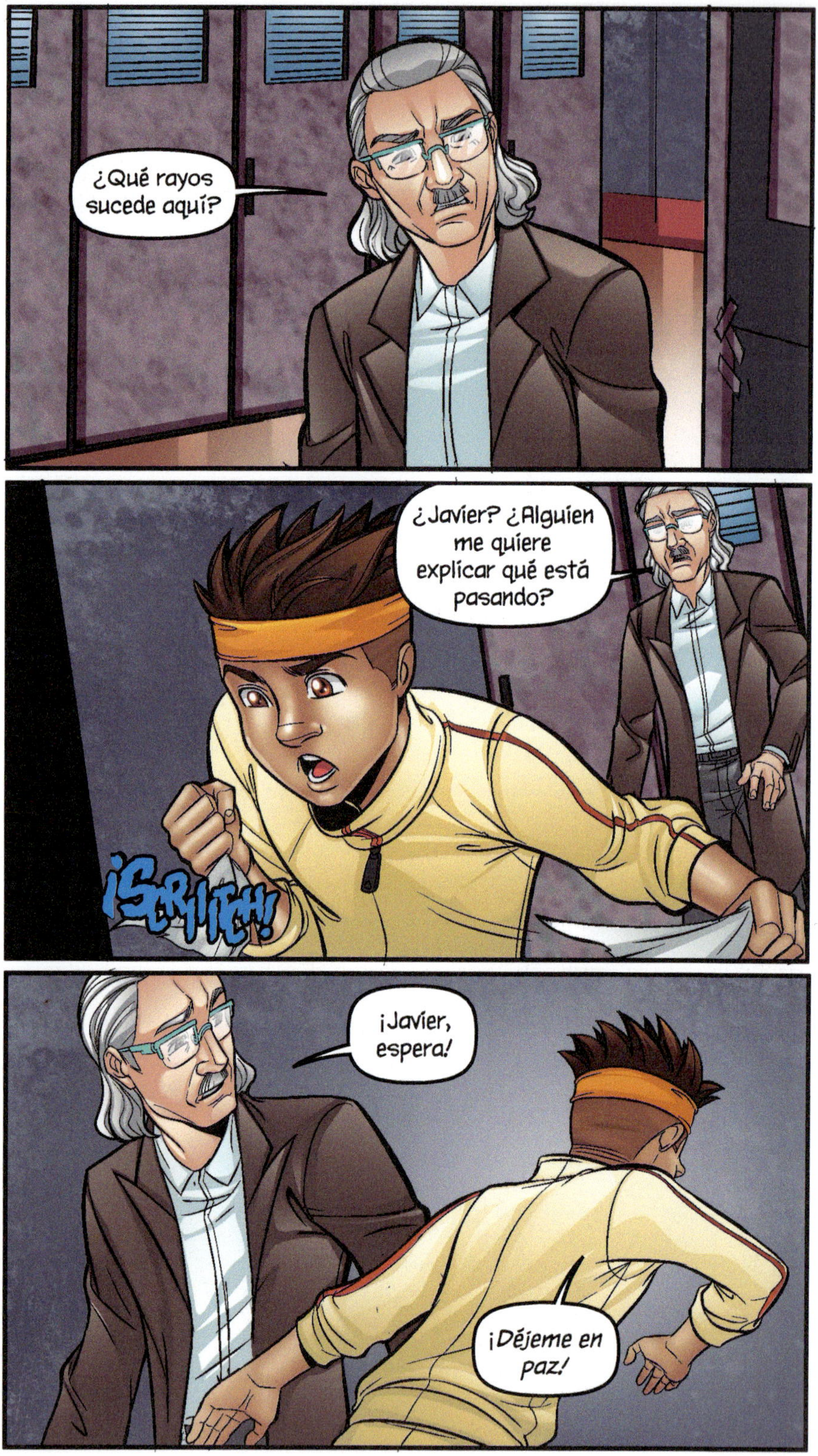
¿Qué rayos sucede aquí?
¿Javier? ¿Alguien me quiere explicar qué está pasando?
¡SCRIITCH!
¡Javier, espera!
¡Déjeme en paz!

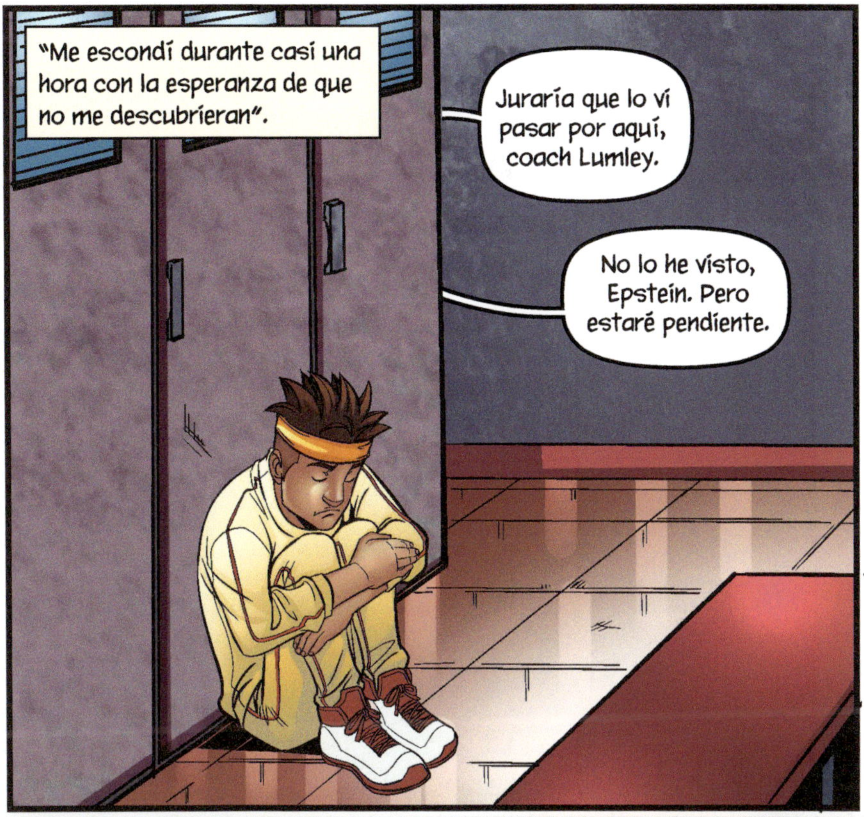
"Me escondí durante casi una hora con la esperanza de que no me descubrieran".
Juraría que lo vi pasar por aquí, coach Lumley.
No lo he visto, Epstein. Pero estaré pendiente.

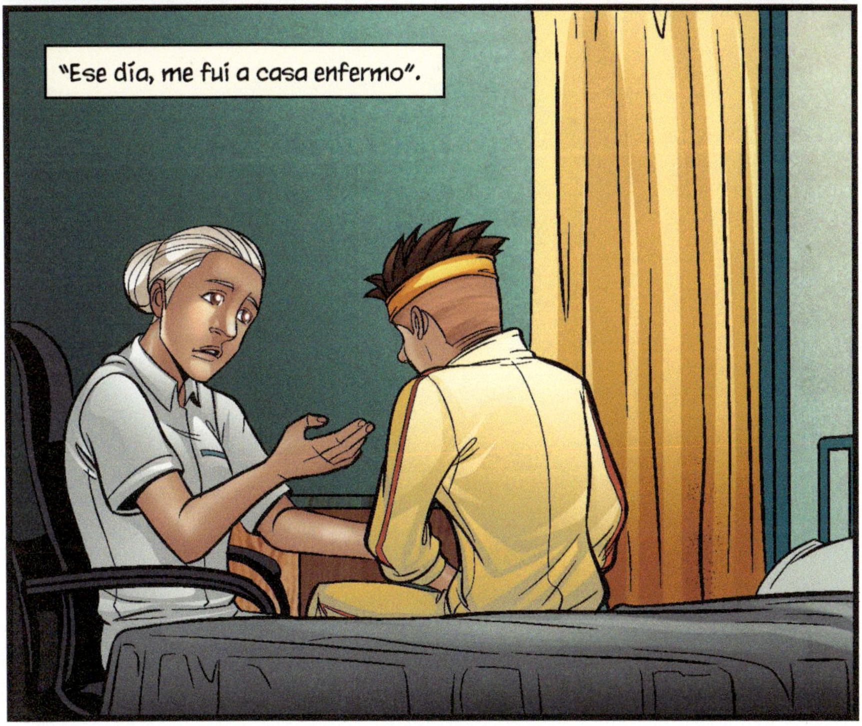
"Ese día, me fui a casa enfermo".

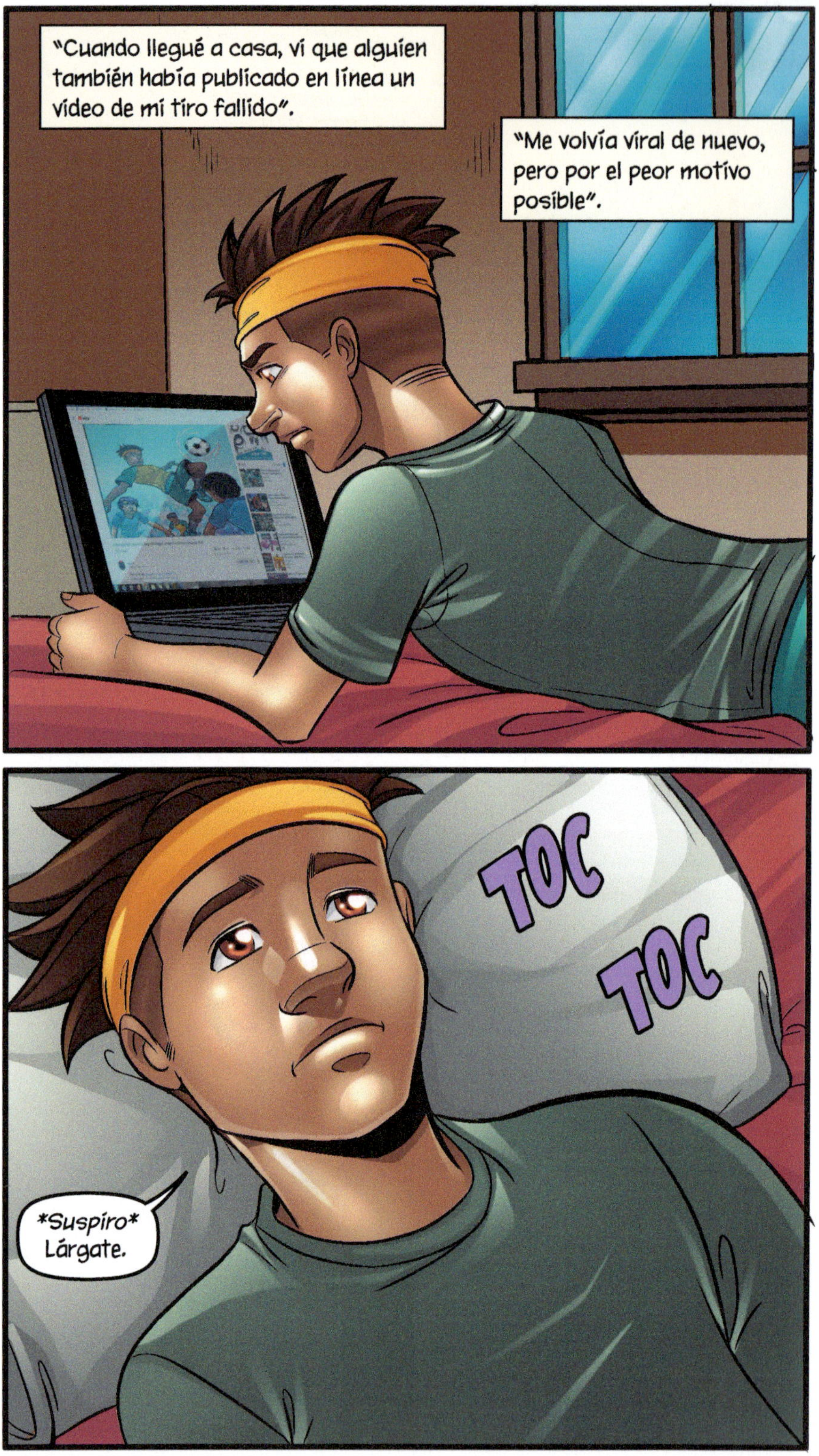
"Cuando llegué a casa, vi que alguien también había publicado en línea un video de mi tiro fallido".
"Me volvía viral de nuevo, pero por el peor motivo posible".
TOC
TOC
Suspiro Lárgate.

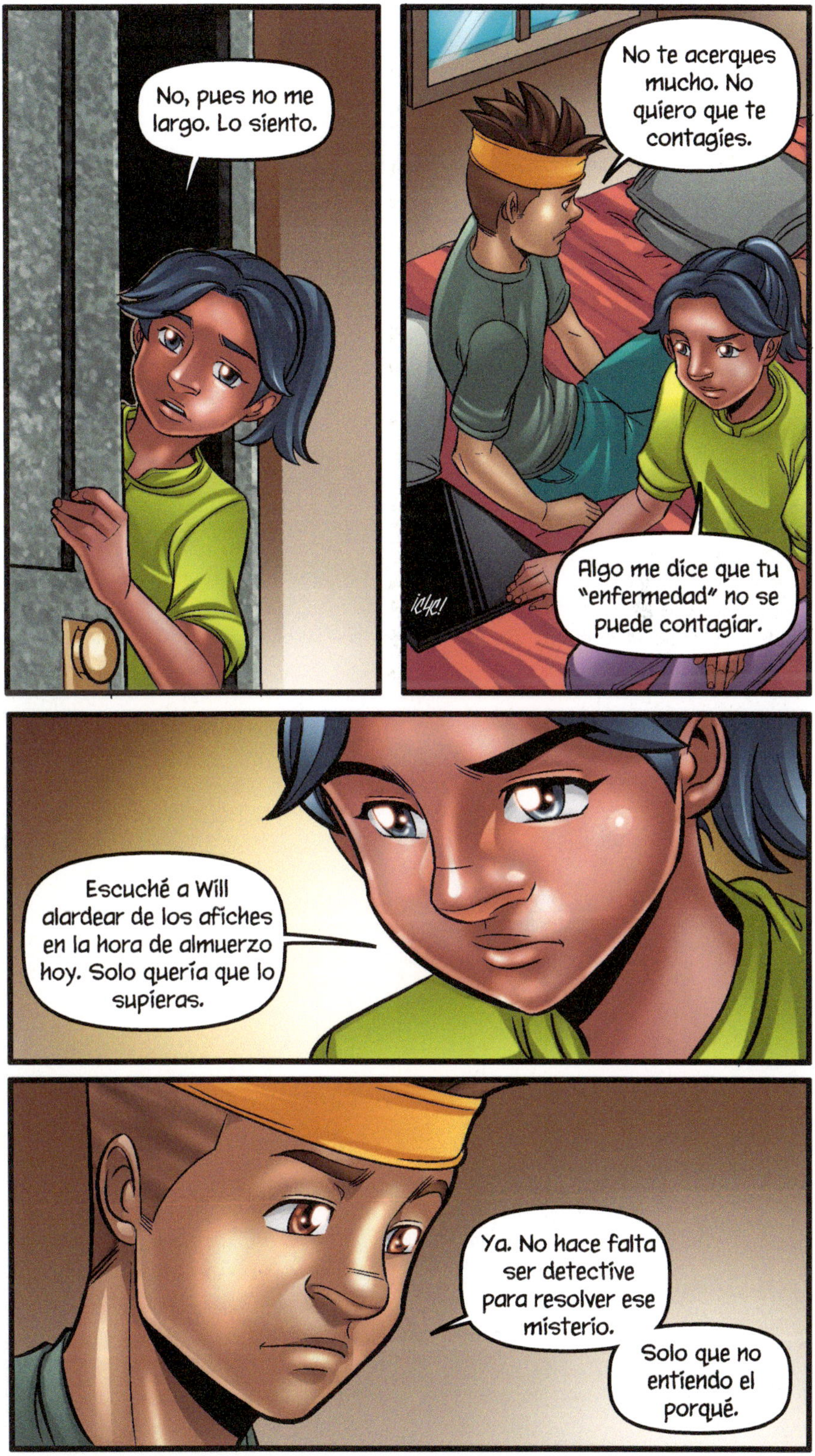
No, pues no me largo. Lo siento.
No te acerques mucho. No quiero que te contagies.
Algo me dice que tu "enfermedad" no se puede contagiar.
Escuché a Will alardear de los afiches en la hora de almuerzo hoy. Solo quería que lo supieras.
Ya. No hace falta ser detective para resolver ese misterio.
Solo que no entiendo el porqué.

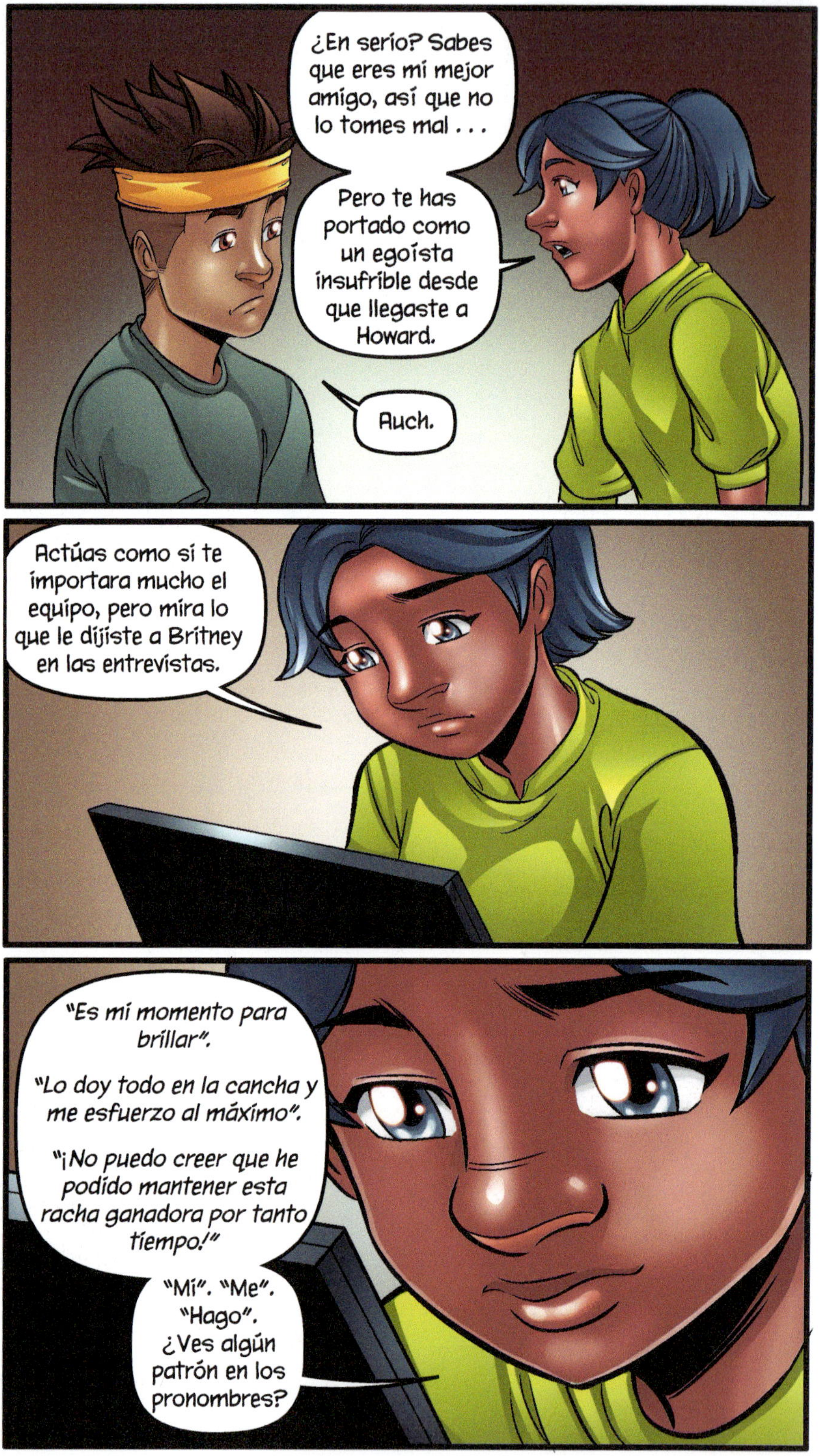
¿En serio? Sabes que eres mi mejor amigo, así que no lo tomes mal . . .
Pero te has portado como un egoísta insufrible desde que llegaste a Howard.
Auch.
Actúas como si te importara mucho el equipo, pero mira lo que le dijiste a Britney en las entrevistas.
"Es mi momento para brillar".
"Lo doy todo en la cancha y me esfuerzo al máximo".
"¡No puedo creer que he podido mantener esta racha ganadora por tanto tiempo!"
"Mi". "Me". "Hago". ¿Ves algún patrón en los pronombres?

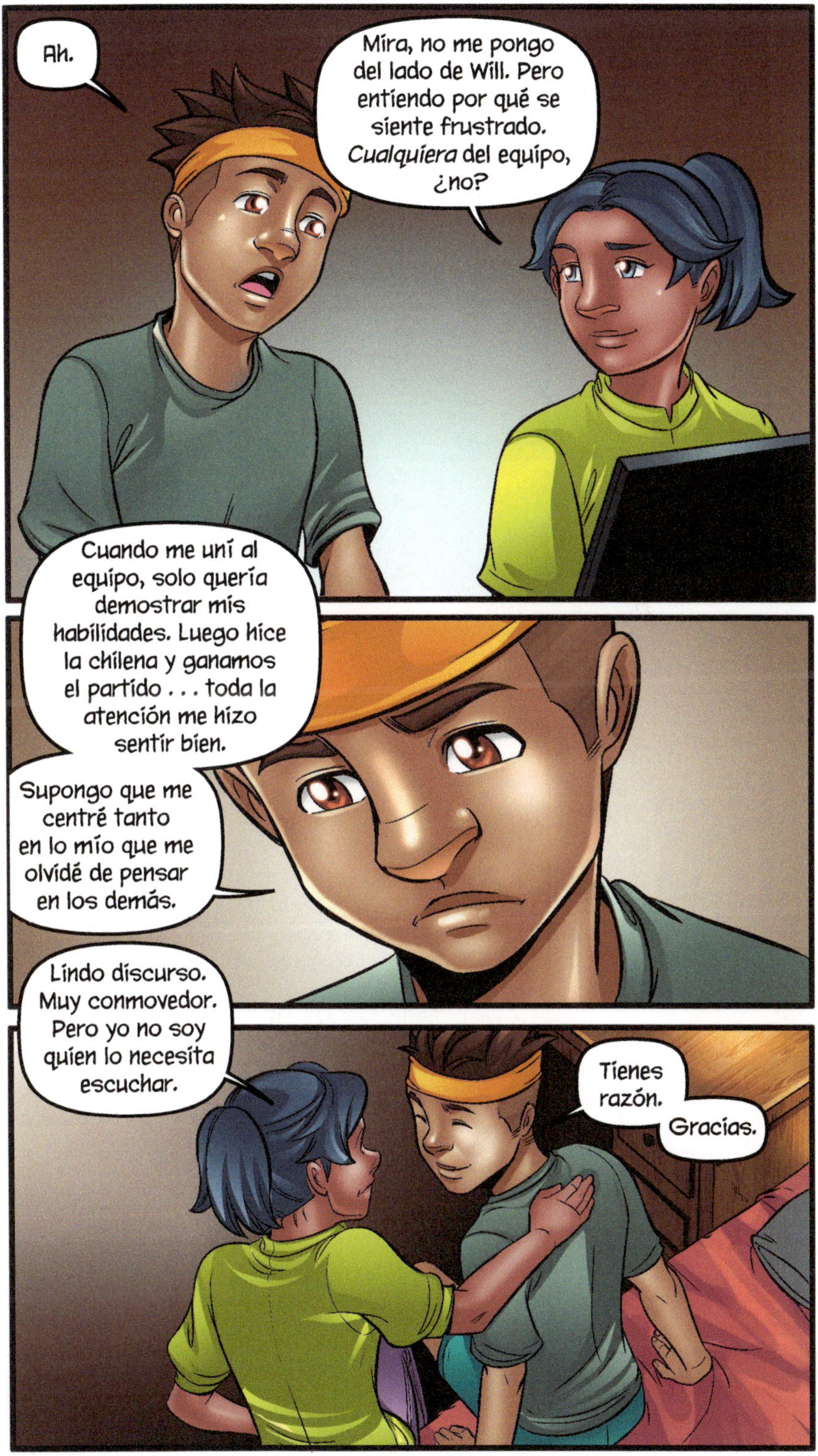
Ah.
Mira, no me pongo del lado de Will. Pero entiendo por qué se siente frustrado. *Cualquiera* del equipo, ¿no?
Cuando me uní al equipo, solo quería demostrar mis habilidades. Luego hice la chilena y ganamos el partido . . . toda la atención me hizo sentir bien.
Supongo que me centré tanto en lo mío que me olvidé de pensar en los demás.
Lindo discurso. Muy conmovedor. Pero yo no soy quien lo necesita escuchar.
Tienes razón.
Gracias.

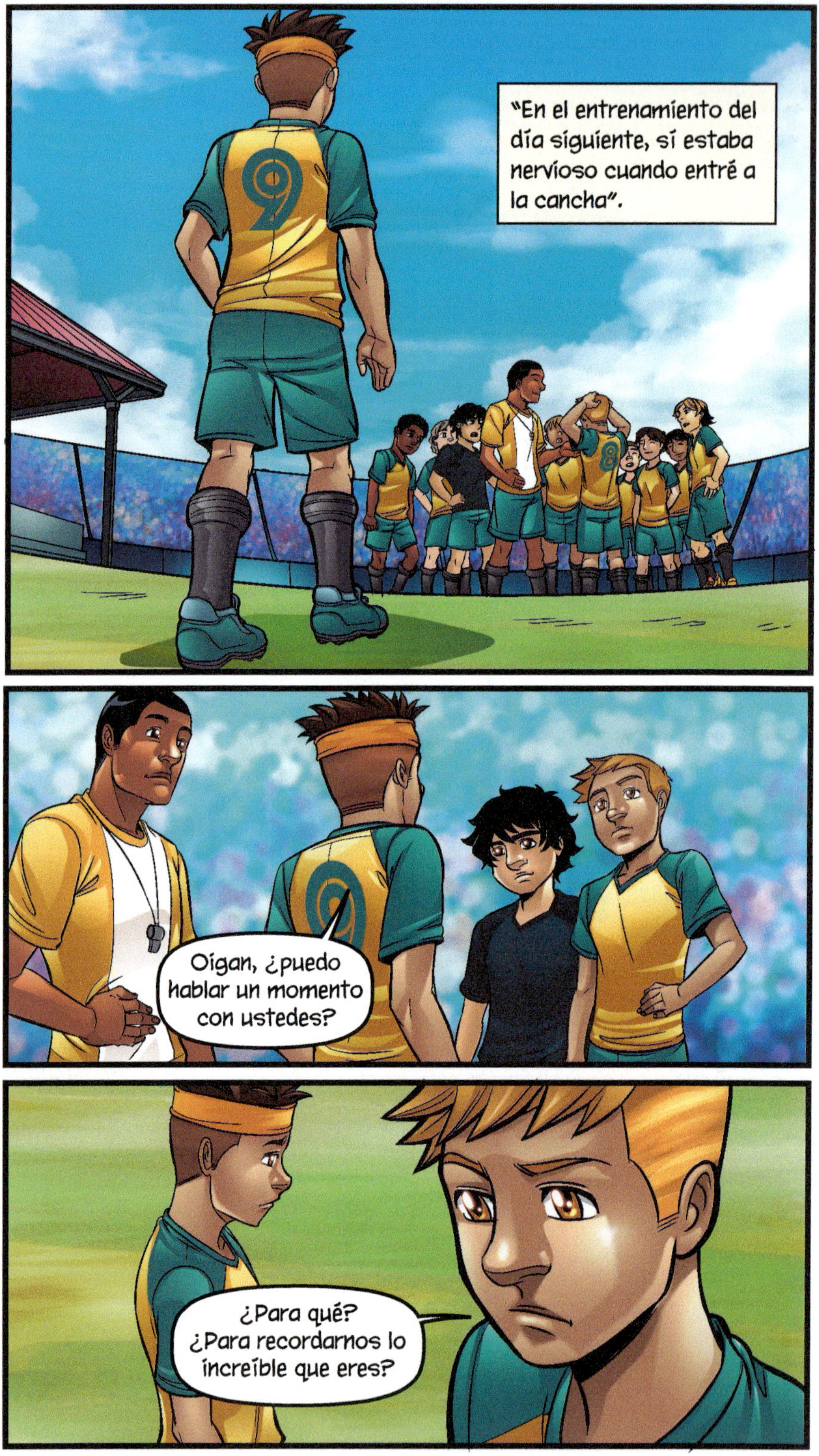
"En el entrenamiento del día siguiente, sí estaba nervioso cuando entré a la cancha".
Oigan, ¿puedo hablar un momento con ustedes?
¿Para qué? ¿Para recordarnos lo increíble que eres?

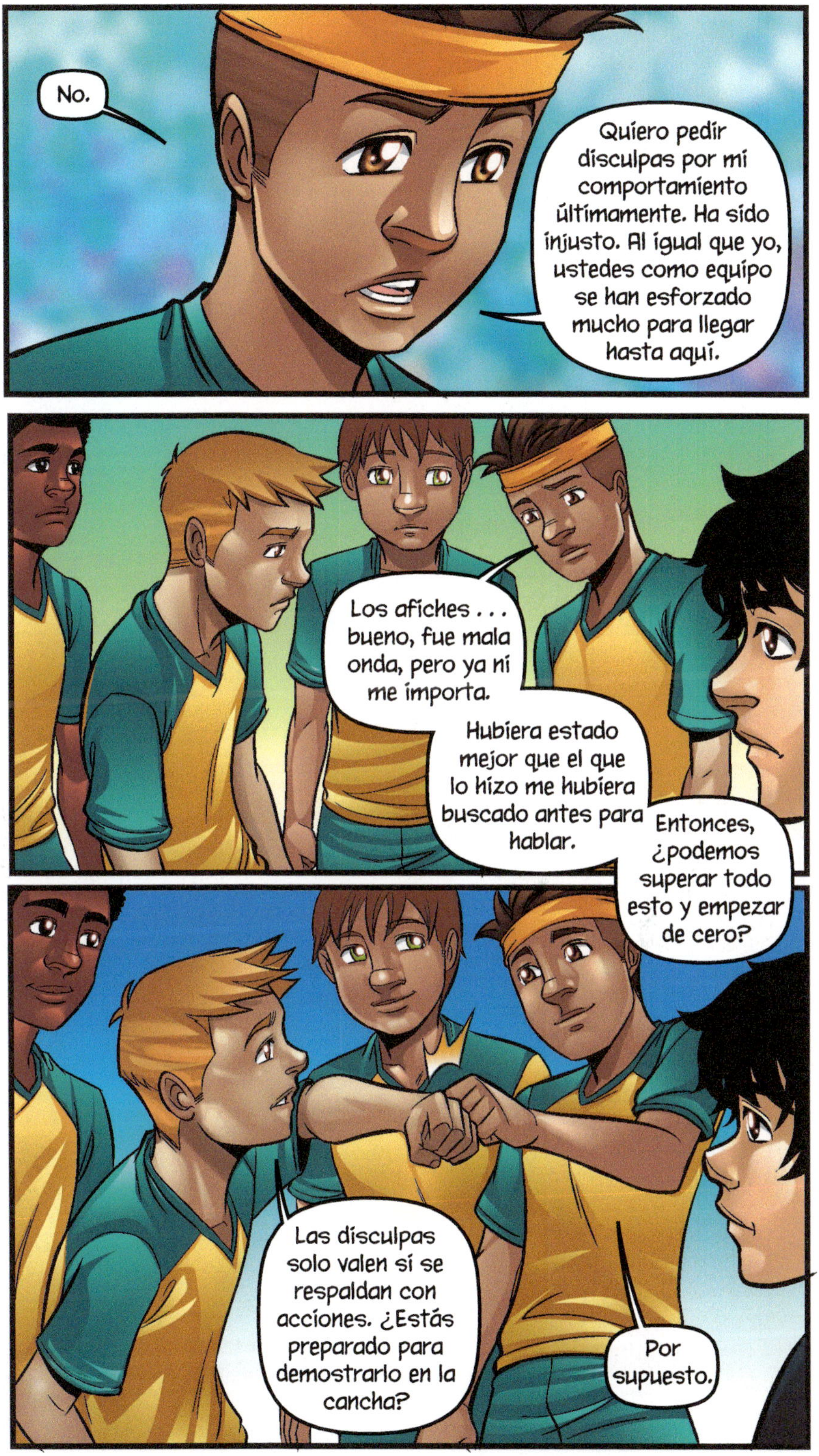
No.
Quiero pedir disculpas por mi comportamiento últimamente. Ha sido injusto. Al igual que yo, ustedes como equipo se han esforzado mucho para llegar hasta aquí.
Los afiches . . . bueno, fue mala onda, pero ya ni me importa.
Hubiera estado mejor que el que lo hizo me hubiera buscado antes para hablar.
Entonces, ¿podemos superar todo esto y empezar de cero?
Las disculpas solo valen si se respaldan con acciones. ¿Estás preparado para demostrarlo en la cancha?
Por supuesto.

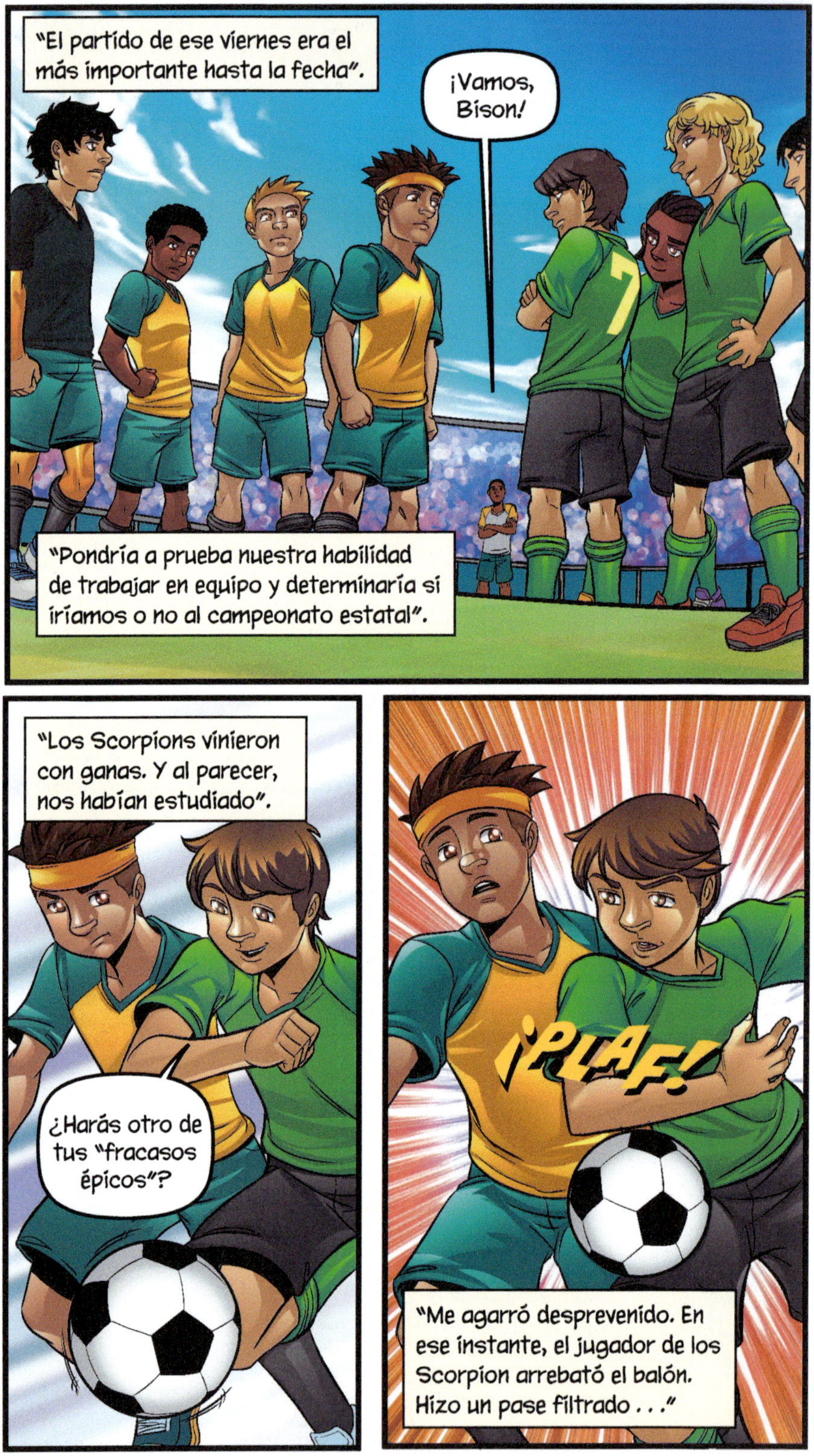
"El partido de ese viernes era el más importante hasta la fecha".
¡Vamos, Bison!
"Pondría a prueba nuestra habilidad de trabajar en equipo y determinaría si iríamos o no al campeonato estatal".
"Los Scorpions vinieron con ganas. Y al parecer, nos habían estudiado".
¿Harás otro de tus "fracasos épicos"?
¡PLAF!
"Me agarró desprevenido. En ese instante, el jugador de los Scorpion arrebató el balón. Hizo un pase filtrado . . ."

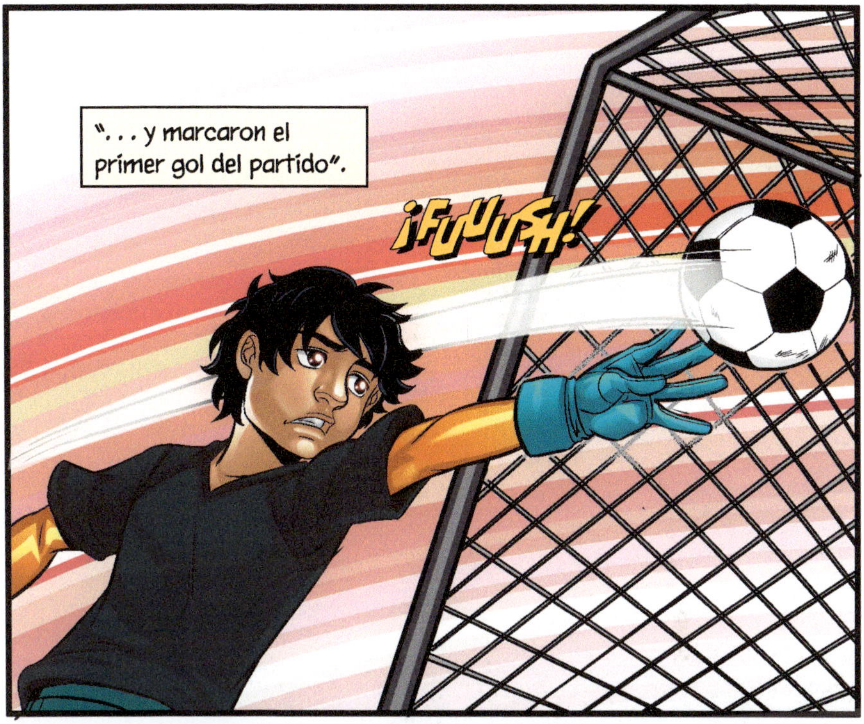
". . . y marcaron el primer gol del partido".
¡FUUUSH!

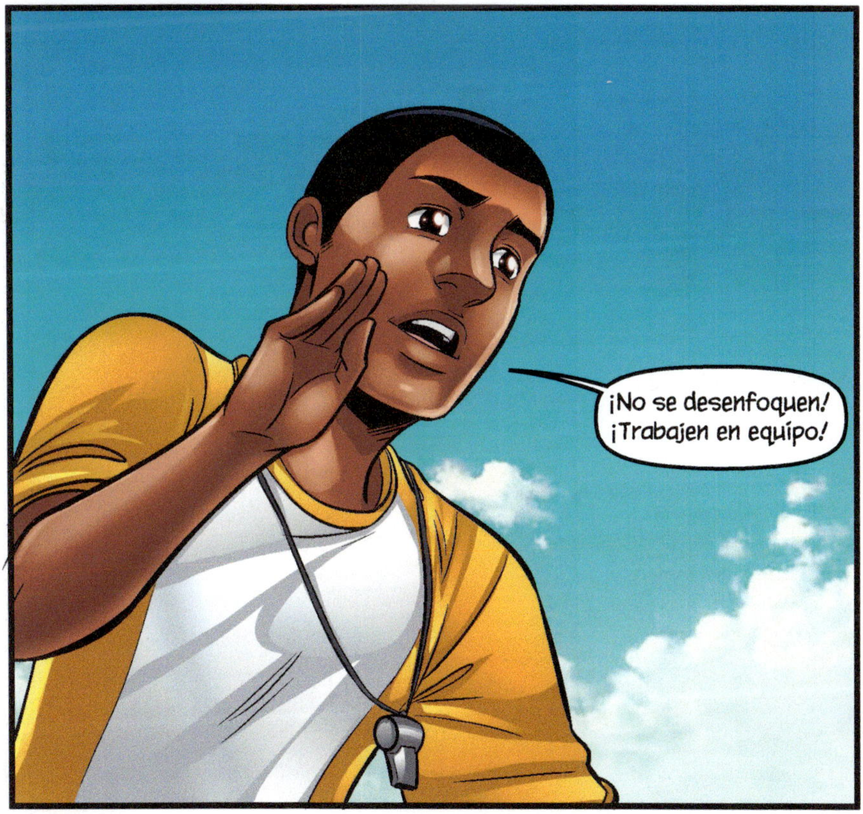
¡No se desenfoquen! ¡Trabajen en equipo!

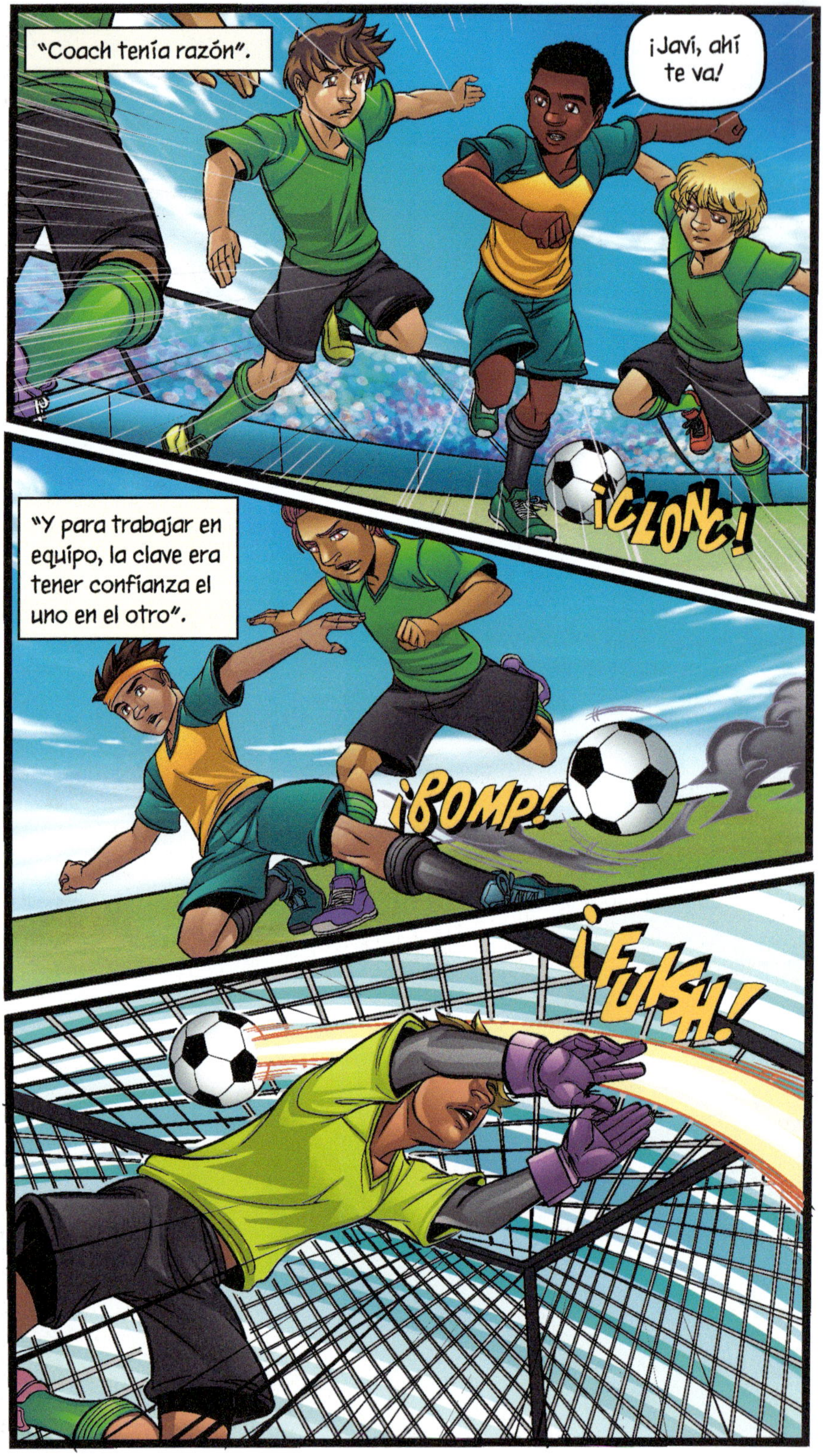

"Coach tenía razón".
¡Javi, ahí te va!
¡CLONC!
"Y para trabajar en equipo, la clave era tener confianza el uno en el otro".
¡BOMP!
¡FUISH!

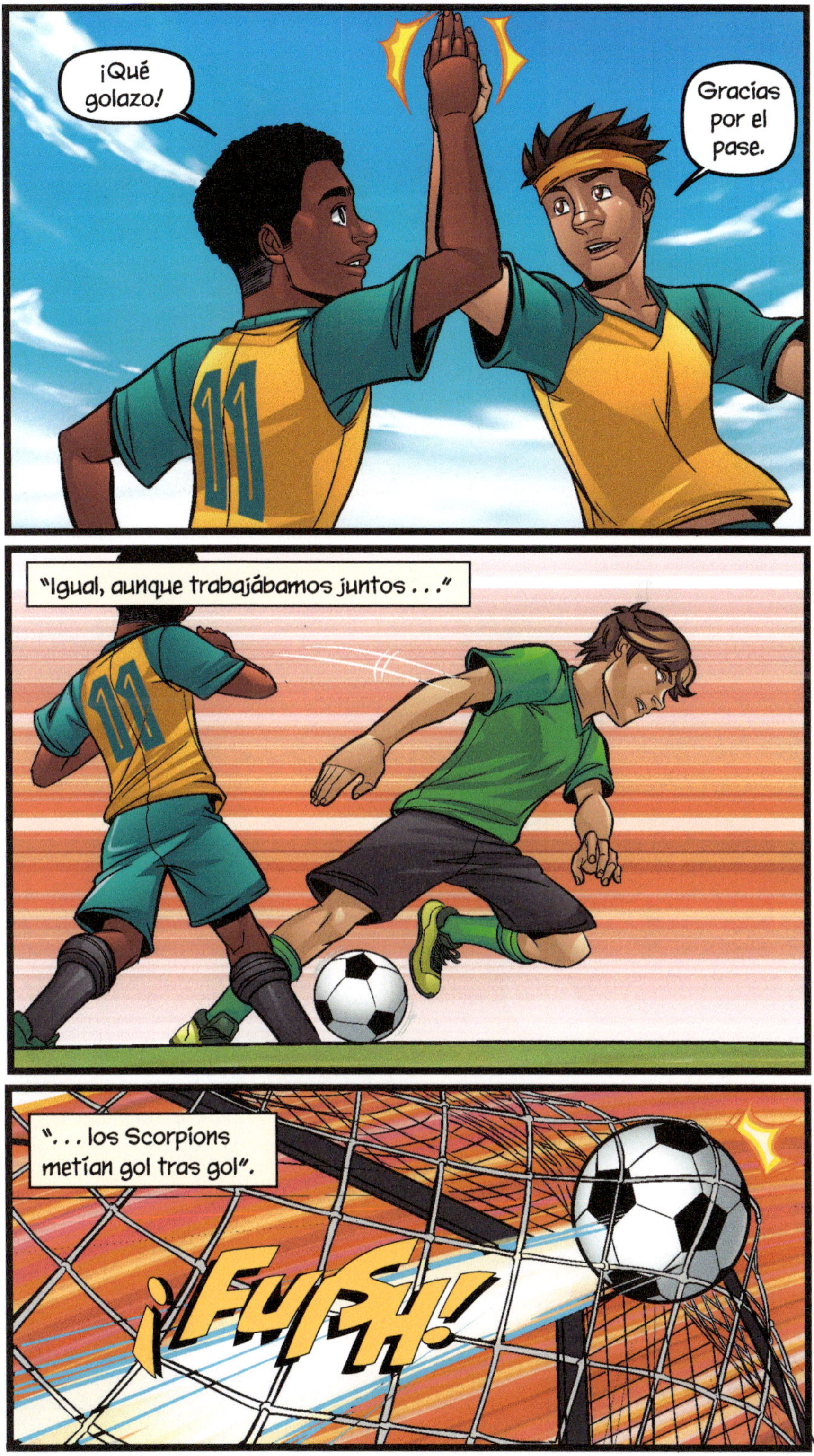
¡Qué golazo!
Gracias por el pase.
"Igual, aunque trabajábamos juntos . . ."
". . . los Scorpions metían gol tras gol".
¡FUSH!

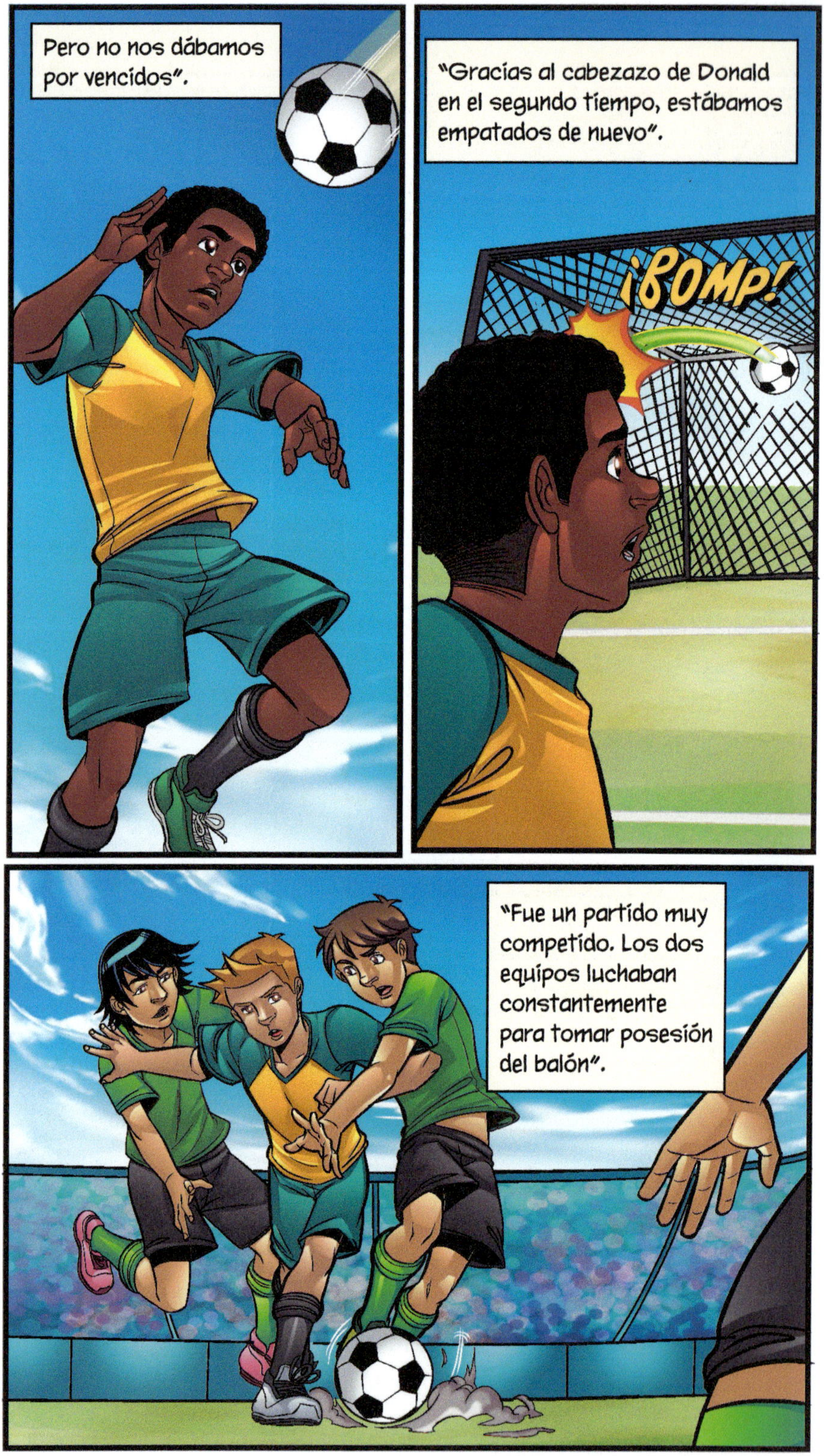

Pero no nos dábamos por vencidos".
"Gracias al cabezazo de Donald en el segundo tiempo, estábamos empatados de nuevo".
¡BOMP!
"Fue un partido muy competido. Los dos equipos luchaban constantemente para tomar posesión del balón".

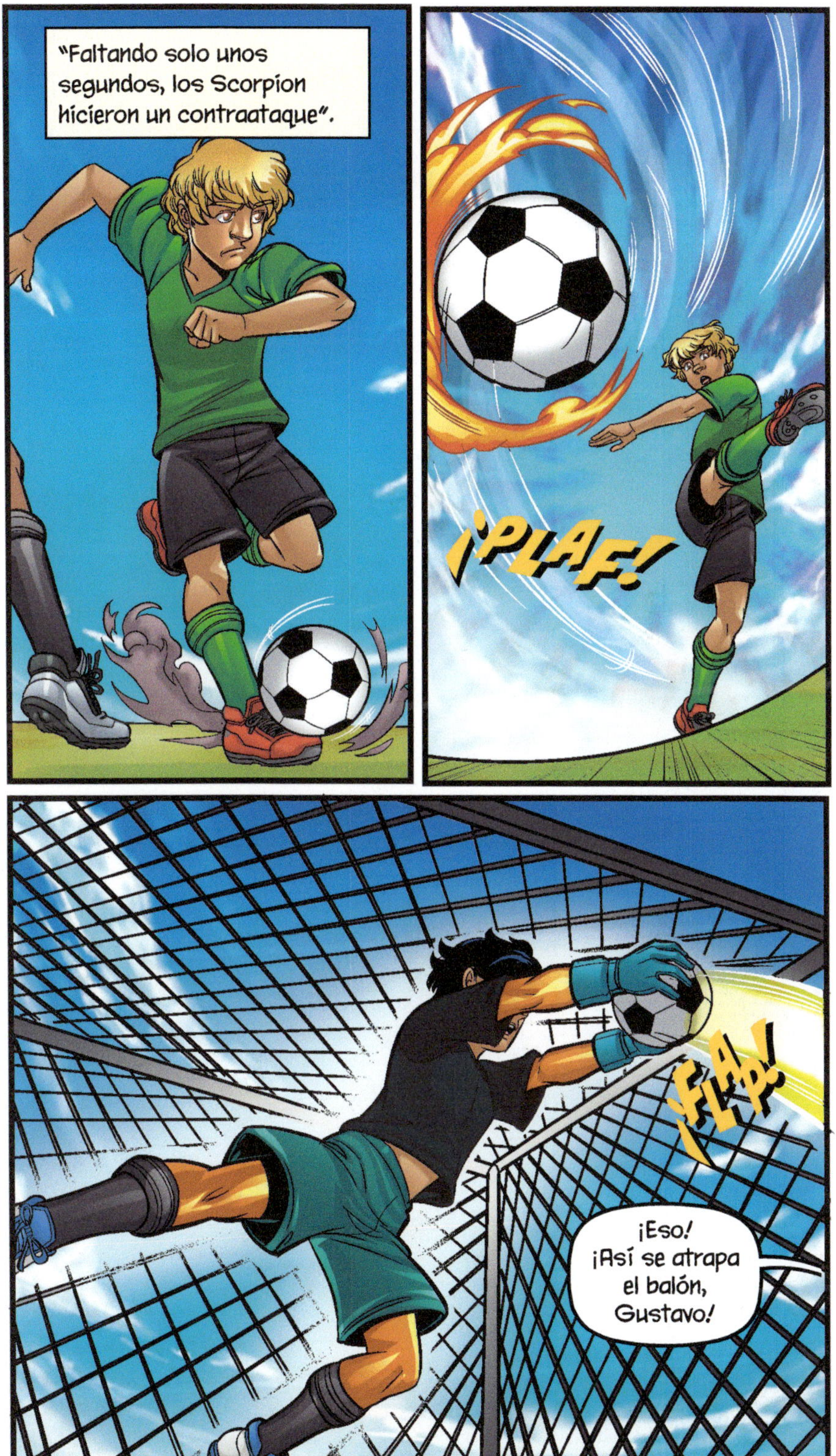
"Faltando solo unos segundos, los Scorpion hicieron un contraataque".
¡PLAF!
¡FLAP!
¡Eso! ¡Así se atrapa el balón, Gustavo!

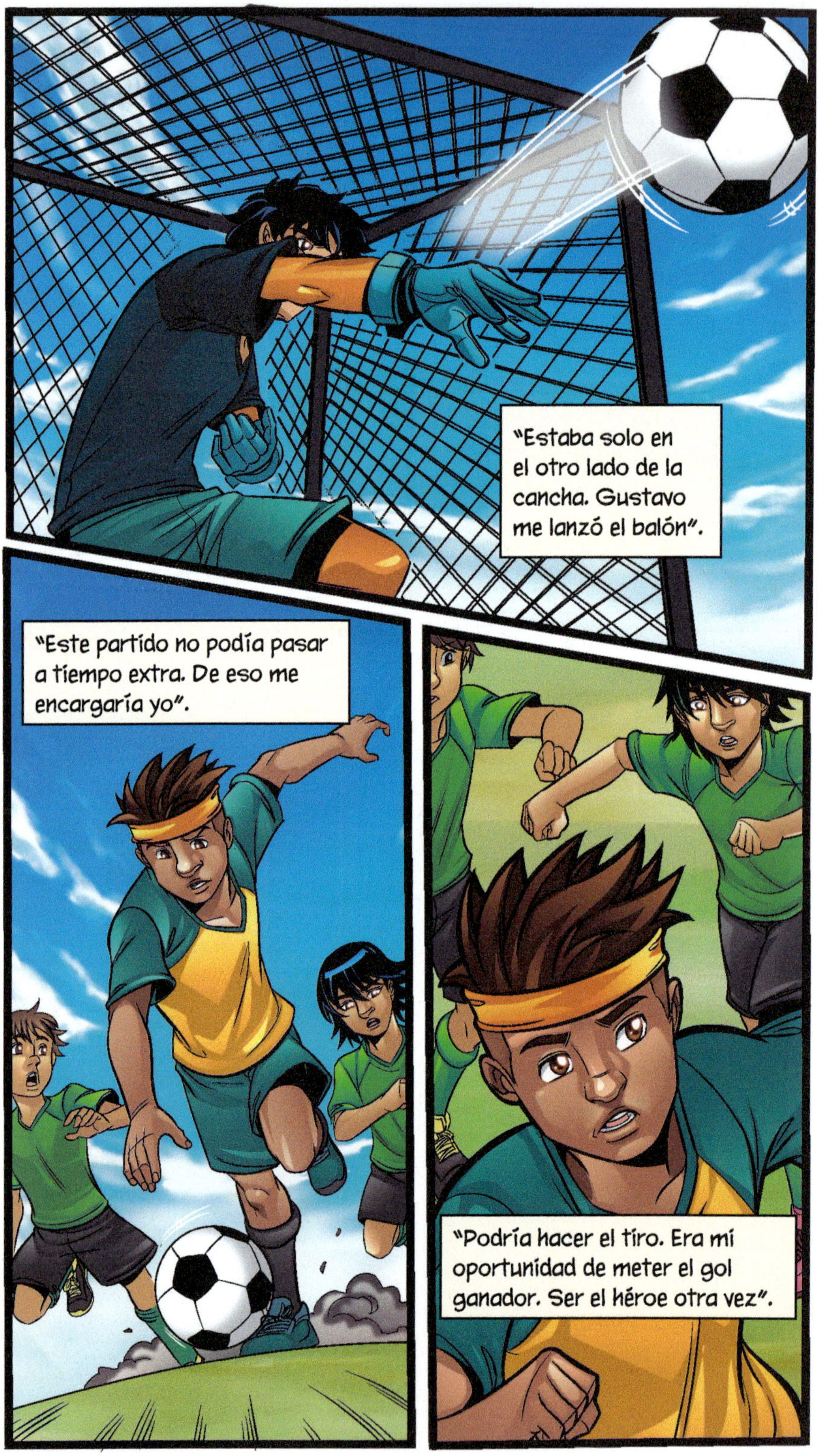
"Estaba solo en el otro lado de la cancha. Gustavo me lanzó el balón".
"Este partido no podía pasar a tiempo extra. De eso me encargaría yo".
"Podría hacer el tiro. Era mi oportunidad de meter el gol ganador. Ser el héroe otra vez".

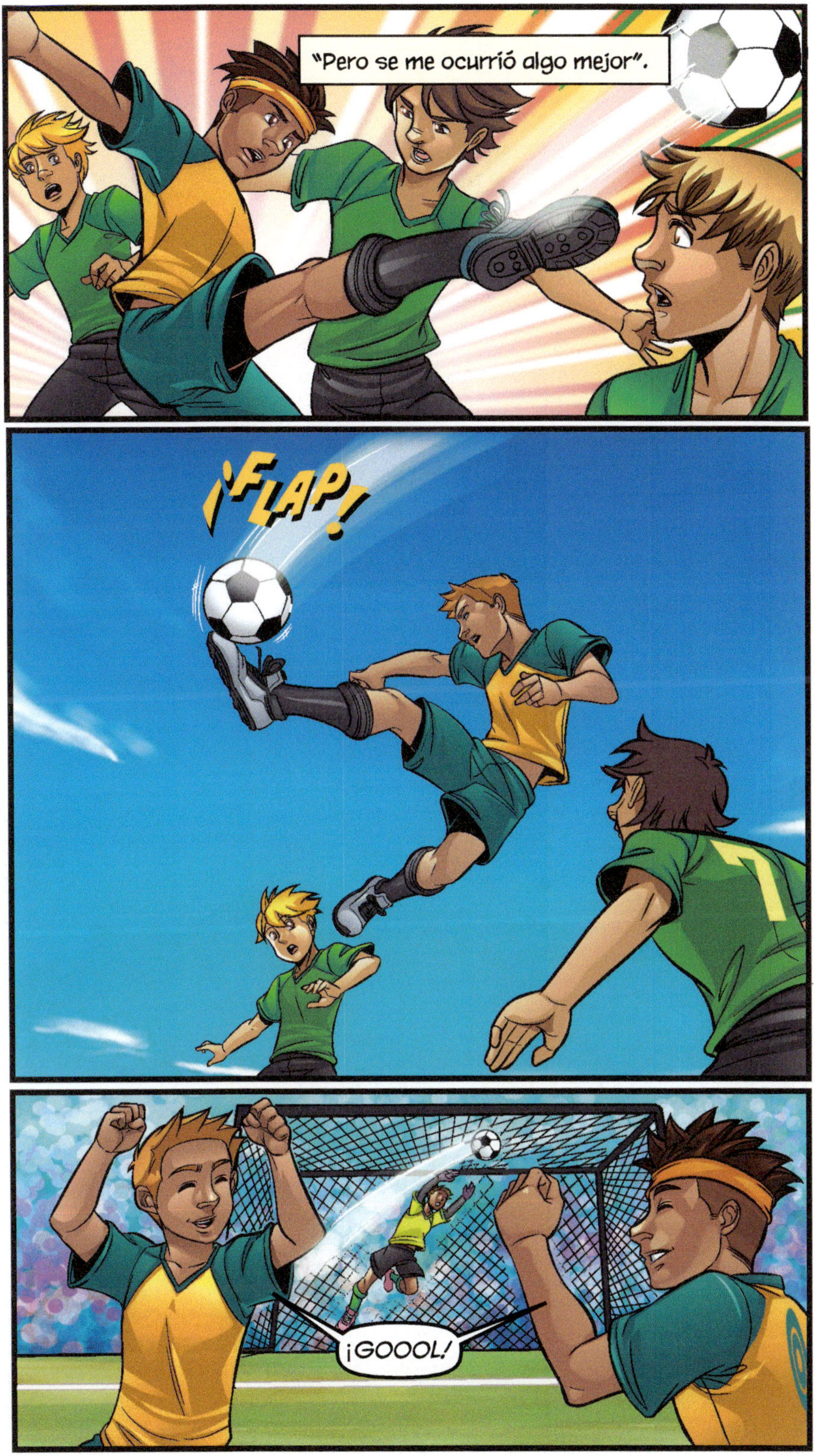
"Pero se me ocurrió algo mejor".
¡FLAP!
¡GOOOL!

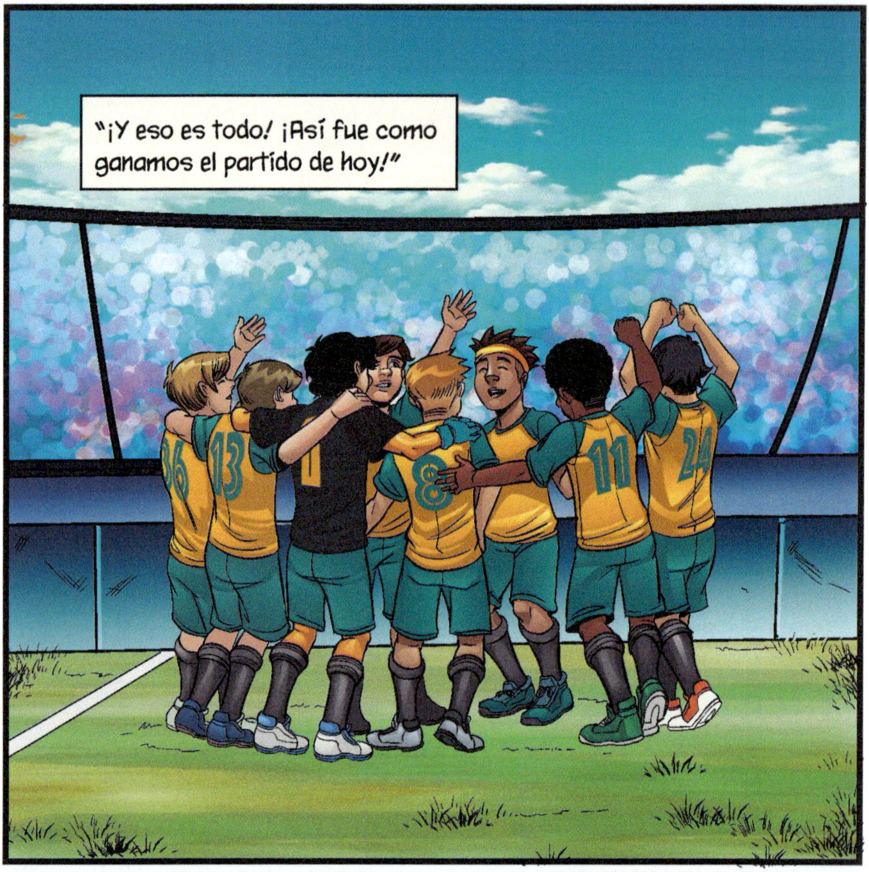
"¡Y eso es todo! ¡Así fue como ganamos el partido de hoy!"

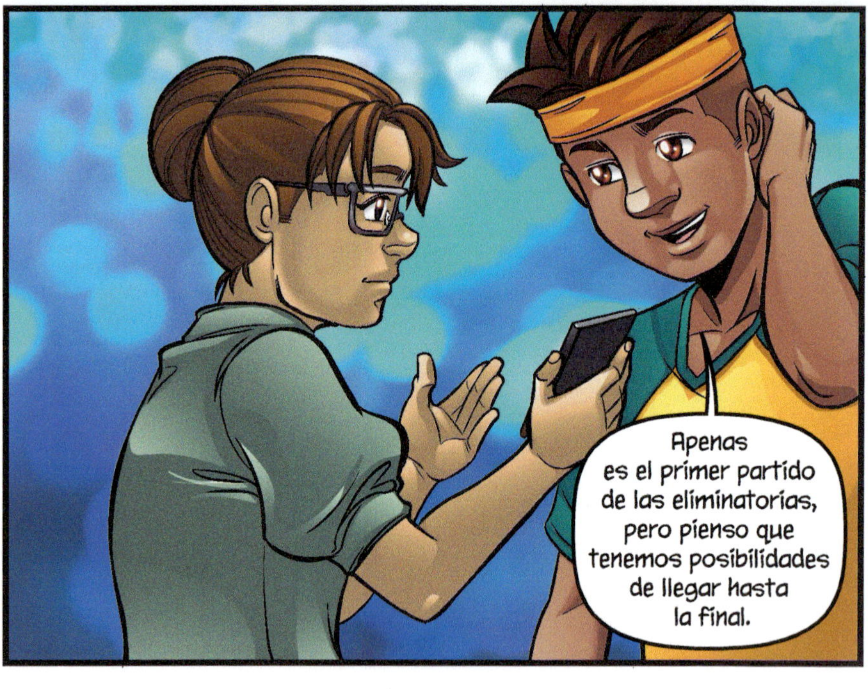
Apenas es el primer partido de las eliminatorias, pero pienso que tenemos posibilidades de llegar hasta la final.

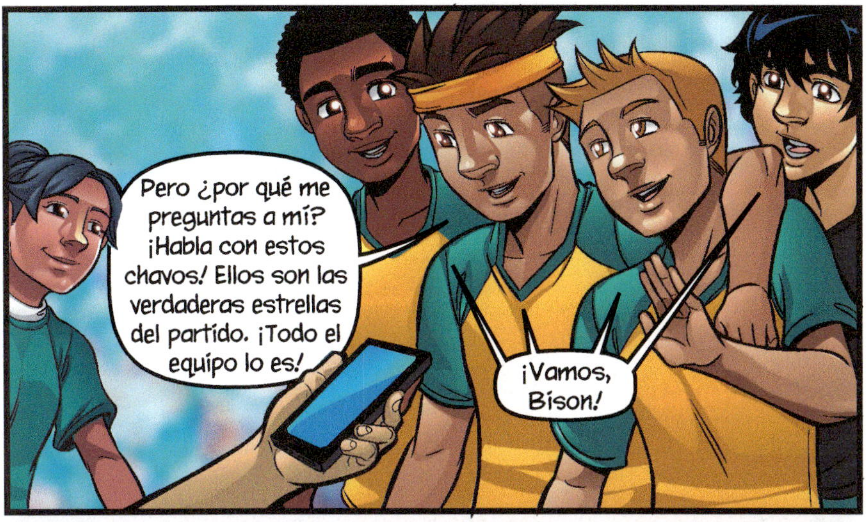
Pero ¿por qué me preguntas a mí? ¡Habla con estos chavos! Ellos son las verdaderas estrellas del partido. ¡Todo el equipo lo es!
¡Vamos, Bison!

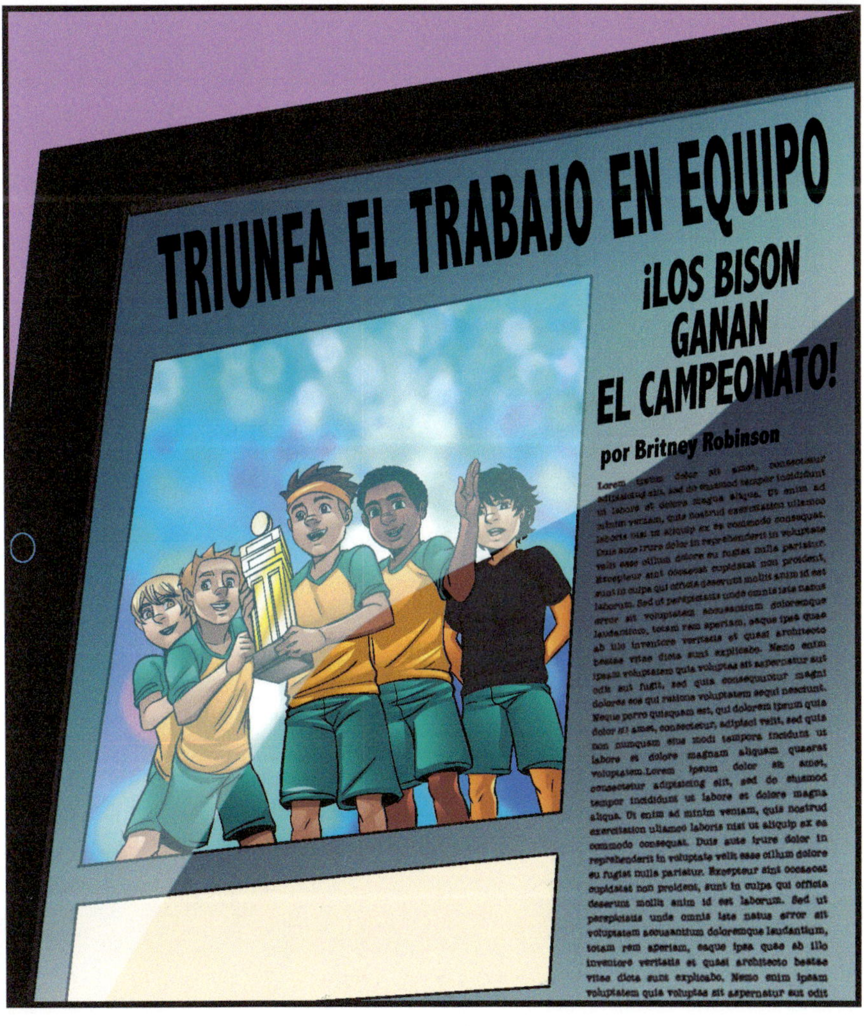
TRIUNFA EL TRABAJO EN EQUIPO
¡LOS BISON GANAN EL CAMPEONATO!
por Britney Robinson

PREGUNTAS VISUALES

1. Javi dice que cuenta con el apoyo de su equipo. Fíjate en el arte. ¿Crees que Javi tiene razón? ¿Por qué sí o por qué no?

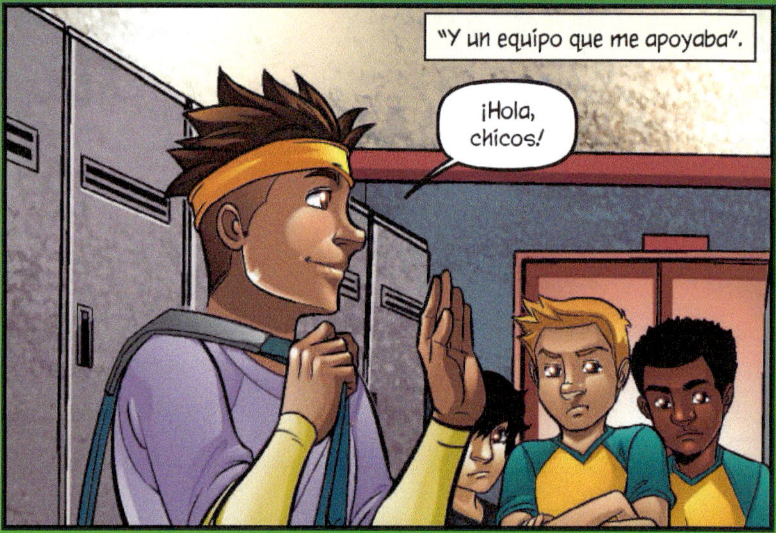
"Y un equipo que me apoyaba".
¡Hola, chicos!

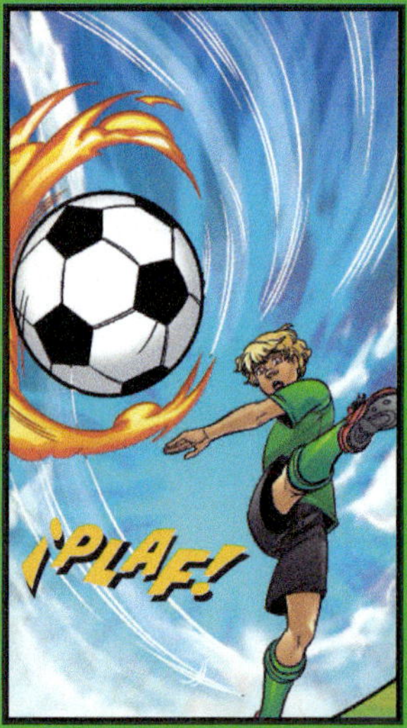
¡PLAF!

2. En realidad, el balón no está prendido en llamas. Entonces, ¿por qué crees que el artista incorporó las llamas en su alrededor?

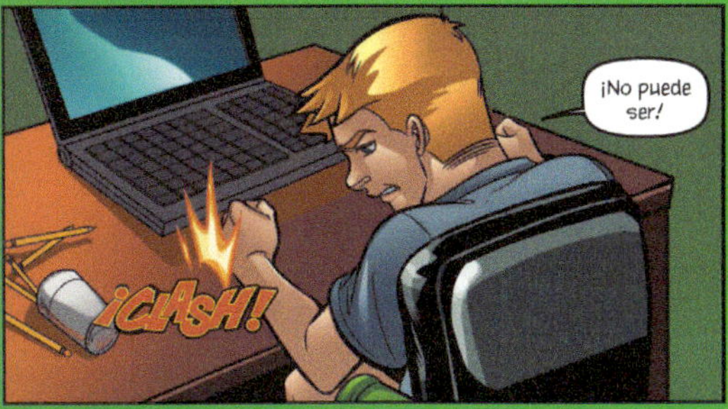
¡No puede ser!
¡CLASH!

3. En conjunto, el arte y el texto de los cómics pueden comunicar mucha información. ¿Cómo se siente Will aquí, en la página 31? ¿Por qué se siente así?

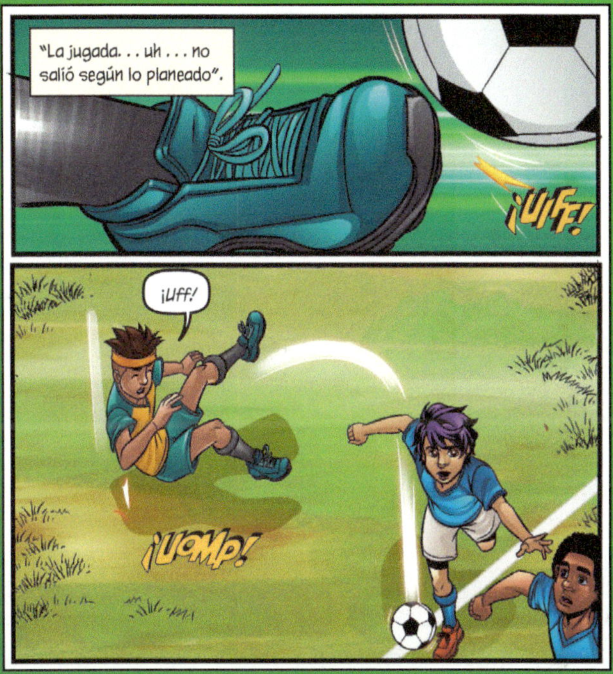
"La jugada. . . uh . . . no salió según lo planeado".
¡UFF!
¡Uff!
¡UOMP!

4. Ponte en el lugar del locutor para el partido de los Bison. Describe aquí la acción. ¡No olvides de comunicar las emociones! (Si necesitas acordarte de la escena, vuelve a la página 42).

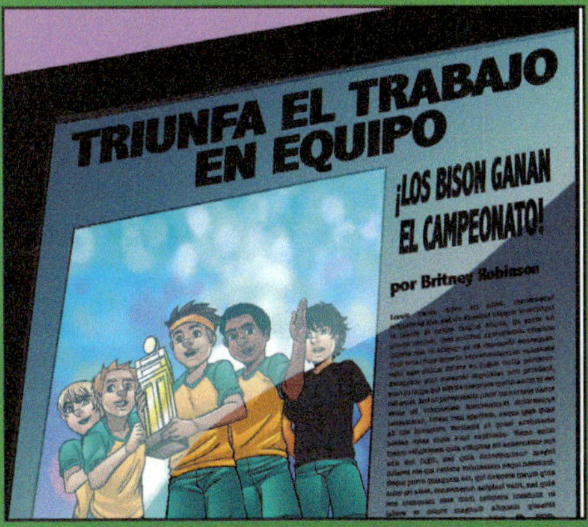
TRIUNFA EL TRABAJO EN EQUIPO

¡LOS BISON GANAN EL CAMPEONATO!

por Britney Robinson

5. Compara el primer y el último panel de la historia. ¿En qué se parecen y en que se diferencian? ¿Cómo se muestra en la última imagen que Javi ha cambiado?

POSICIONES del FÚTBOL

Todos los partidos de fútbol empiezan con once jugadores de cada lado de la cancha. Los miembros del mismo equipo trabajan en conjunto y luchan para ganar. Pero ¿cuáles son las diferentes posiciones y qué papel tiene cada una? Existen cuatro grupos generales de posiciones de fútbol que los aficionados deben saber. ¡Sigue leyendo para aprender más!

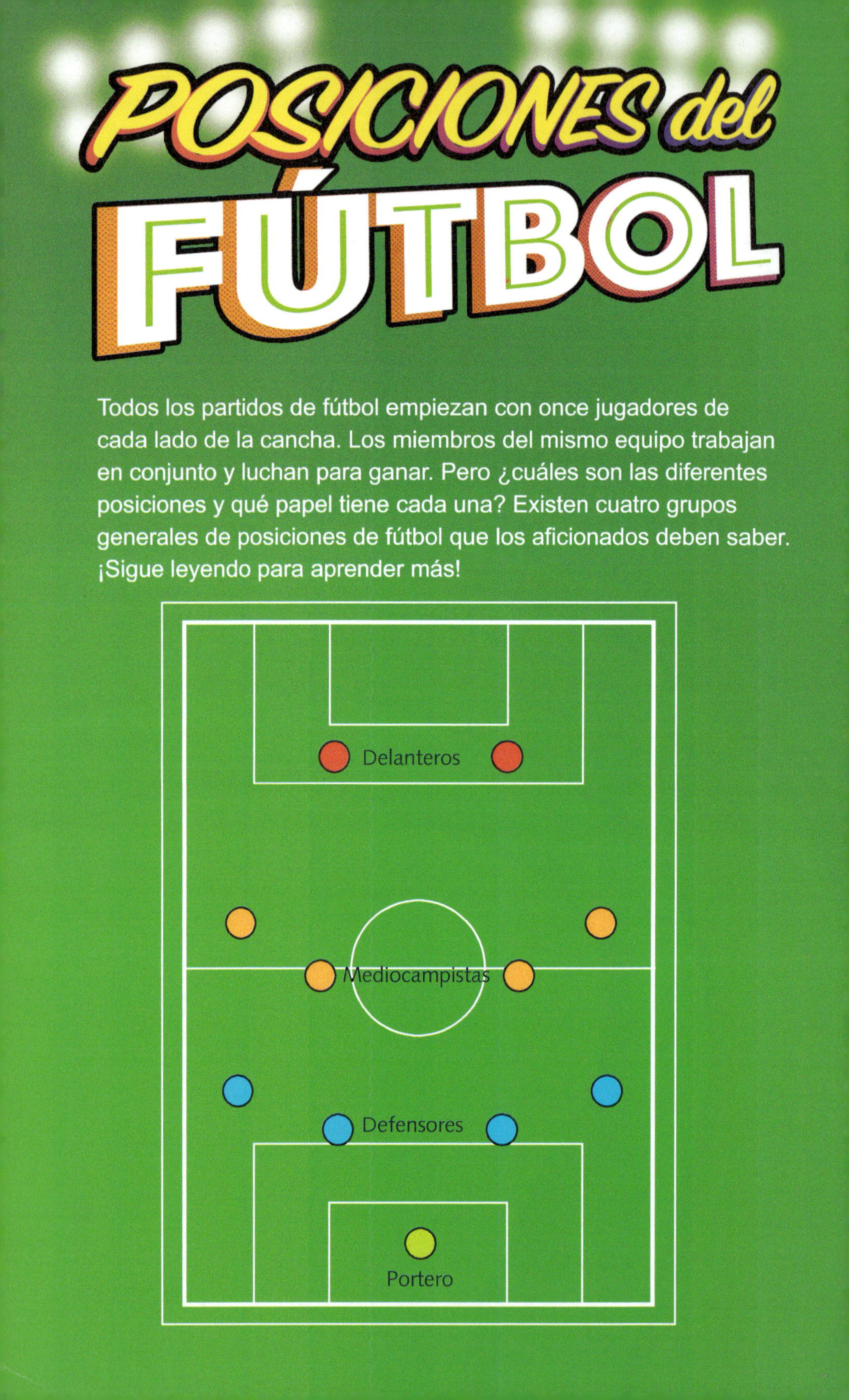

Delanteros
Mediocampistas
Defensores
Portero

Delanteros—estos jugadores se enfocan en atacar y meter tantos goles como puedan. En general, se quedan en la mitad de la cancha que pertenece al otro equipo. Los delanteros buscan oportunidades para meter goles o comienzan la jugada para que otro jugador tire a la portería. Para ser exitosos, deben ser veloces y tener muy buen control del balón. A veces se les llama punta, y al goleador principal del equipo se le llama artillero o cañonero. Entre los delanteros, puede haber: punta, segunda punta, centro delantero.

Mediocampistas—como sugiere el nombre, los mediocampistas juegan en el medio de la cancha. Pueden atacar o defender, pero algunos jugadores se enfocan más en uno que en lo otro. Los mediocampistas se mantienen ocupados a lo largo del partido, y suelen correr más que los demás jugadores. Deben ser buenos para cambiar la dirección del balón, ya que alternan su papel rápidamente del defensivo al ofensivo o del ofensivo al defensivo. También ayudan a controlar el ritmo del juego y a comenzar jugadas para su equipo. Entre las posiciones de mediocampista figuran: mediocentro, interior izquierdo o derecho, mediapunta, mediocentro defensivo.

Línea defensiva—los defensores suelen mantenerse en la mitad de la cancha que corresponde a la portería de su equipo, y su papel es impedir que el otro equipo meta goles. Esto lo hacen deteniendo los tiros y parando los ataques del oponente. Estos jugadores deben ser fuertes y agresivos. Las posiciones de la línea defensiva incluyen: defensa central, defensa lateral, carrilero, líbero.

Portero—el papel principal del portero o arquero es impedir que el balón entre a la portería. Son los únicos jugadores que pueden usar las manos para controlar el balón, pero solamente cuando estan dentro del área que se llama el área grande.

GLOSARIO

agotador—que cansa mucho

cabezazo—un tiro o pase que se realiza golpeando el balón con la cabeza

campeonato—una competencia que se hace para determinar el mejor equipo en un deporte

cobertura—artículos de periódico e información que se diseminan sobre cierto evento o tema

contraataque—cuando el jugador que tiene posesión del balón logra pasar a los defensores del otro equipo y avanza rápidamente hacia la portería

entrevista—hablar y hacerle preguntas a alguien para saber más sobre algo; también, una reunión en la que la gente habla entre sí para obtener información

poner (o quedar) en ridículo—causar que otra persona (o tú mismo) se sienta rara o incómoda, generalmente delante de otras personas

racha—un período de tiempo en el que te va siempre muy bien o siempre muy mal

seguro (de sí mismo)—creer que puedes hacer algo bien

sensación—algo que entusiasma e interesa a muchas personas

trasladarse—moverse a otro lugar, por ejemplo, cambiar de escuela

viral—algo que se disemina muy rápidamente porque muchas personas lo comparten en internet

¡LÉELOS TODOS!

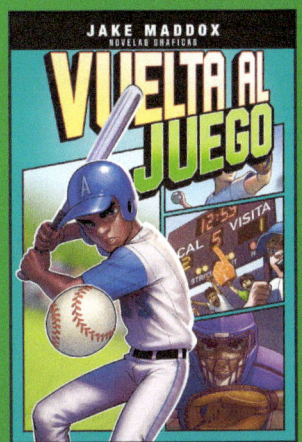
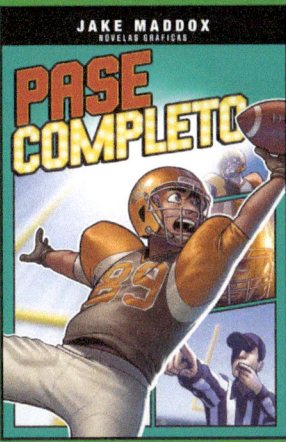
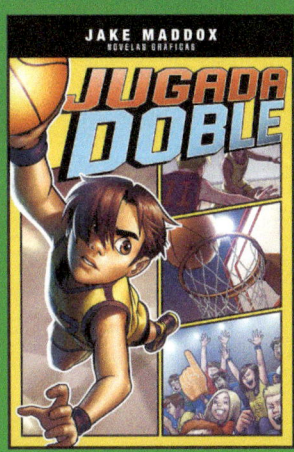
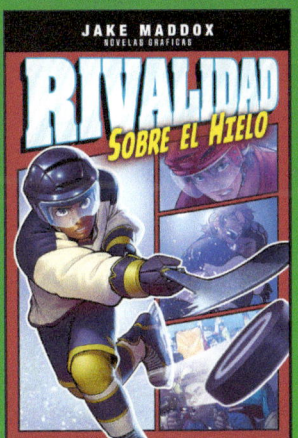

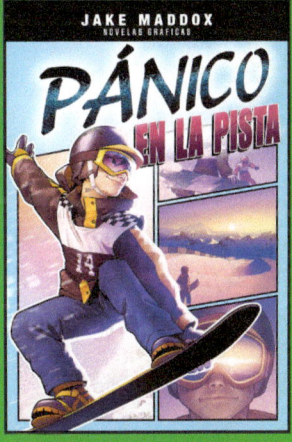
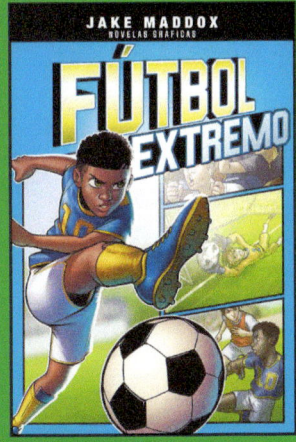
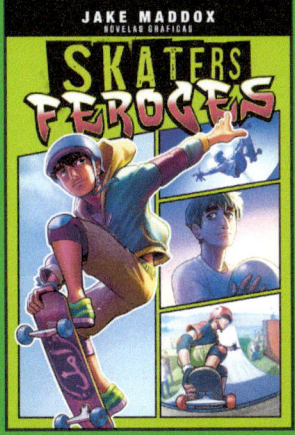
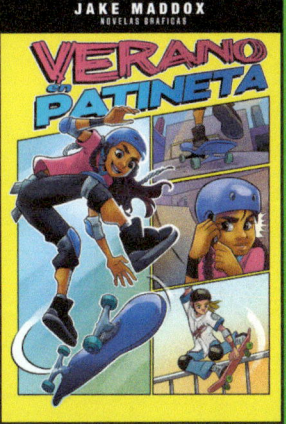

DESCUBRE MÁS EN CAPSTONEPUB.COM

SOBRE EL AUTOR

Brandon Terrell escribió numerosos libros infantiles, entre los que se incluyen varios volúmenes de las series *Tony Hawk 900 Revolution* y *Tony Hawk Live2Skate*. También fue autor de varios libros para la serie *Spine Shivers* y escribió la serie *Time Machine Magazines* de *Sports Illustrated*. A Brandon le apasionaba la lectura y Star Wars. Fue un increíble padre, hijo, tío y amigo, así como un esposo devoto.

SOBRE LOS ARTISTAS

Mel Joy San Juan empezó a crear cómics al estilo manga en su adolescencia. Después de unirse a Glass House Graphics Asia, Mel Joy expandió su alcance al mercado estadounidense. En poco tiempo, ya estaba dibujando para la serie *Dark Hunters* con la autora de libros de superventa Sherrilyn Kenyon, así como para otros proyectos variados como *Call of Duty*, *Spider-Man*, *Knightingail*, y también haciendo trabajo de diseño conceptual y guion gráfico para varios largometrajes. Vive en Cavite, Filipinas.

Jaymes Reed ha operado la compañía Digital-CAPS: Comic Book Lettering desde el 2003. Ha hecho diseño de texto para muchas casas editoriales, siendo el más destacado Avatar Press. También es el único rotulista que trabaja con Inception Strategies, una casa editorial aborigen australiana que desarrolla cómics sociales con mensajes de servicio público para el gobierno australiano. Jaymes fue nominado para el premio Shel Dorf en 2012 y 2013.

Berenice Muñiz es diseñadora gráfica e ilustradora de Monterrey, México. Ha hecho trabajos para agencias de publicidad y exposiciones de arte, y hasta hizo su propio webcómic. Actualmente, Berenice se dedica a la ilustración de cómics como parte del equipo de Graphikslava.